바오긴 락그와수렌 Bavuugiin Lhagvasuren

"내 시가 당신 마음에 든다면, 내 것이든 타인의 것이든 어느 누구의 것도 아니든 그것이 무슨 상관인가. 당신이 읽은 시는 진정 당신의 것이다. 시를 읽을 때 당신은 그것을 창작하는 시인이다." 호세 에밀리오 파체코는 말했다. 때로 시는 우리를 이곳이 아닌 저곳으로 데려간다. 락그와수렌의 시에서 저곳은 몽골의 초원이다. 그곳에서 우리 자신은 그를 통해 시인이 된다.

풀들을 울리며 부는 바람 없이는 살아갈 수 없다고 말하는 락그와수렌은 몽골 초원에서 태어나 그곳에서 어린 시절을 보냈다. 어머니는 그가 어렸을 때 세상을 떠나 들판의 바람이 되었다.

"아버지는 아주 좋은 분이었다. 대상에 대한 사람의 기억은 마음과 정신에서 비롯된다. 그런데 아버지에 대한 나의 기억은 뼛속 골수에서 시작된다. 그는 많아야 다섯 마디를 넘기지 않을 정도로 과묵하고 평범한 분이었다. 아버지는 아내 없이, 나는 어머니 없이 많은 세월을 함께 지냈다. 아버지와 나는 서로 부족한 부분을 보충해 가며, 삶의 굴곡을 넘어 왔다. 많은 천 조각으로 만든 델 같은 세월을 아무렇지도 않게 사내답게 보냈다."

그는 인간이 이 세상에 행복하기 위해 왔다고 생각하지 않는다. 오히려 고통을 맛보기 위해 왔다고 말한다. 고통은 행복보다 더 깊은 맛이 있기 때문에.

몽골의 문학평론가 곤치그 바트소리가 말했듯이 락그와수렌은 사회주의 시대를 살면서 창작 활동을 했지만, 자신의 시에 진실하게 서 있던 인물이다. 그는 다른 사람처럼 당이라든가 우호 등을 표방하는 시대 상황에 편승하지 않고, 그러한 시대적 영향에서 벗어나 드물게 독자적으로 존재할 수 있었던 시인이다. 사회주의 시대에 태어나 그 속에서 성장하고 살았던 사람으로서 그 사회의 관념에서 독립적으로 있을 수 있었다는 사실은 그의 작가적 본질을 드러내 준다. 그는 시에서 이룬 탁월한 성취와 독창성으로 20세기 몽골 시단의 3대 봉우리로 평가받는다.

"아무것도 잃지 않고 살아가는 사람은 없다. 나 또한 적지 않은 것들을 잃어버리며 살아 왔다. 아쉽게도 나는 많은 시간을 잃어버렸다. 하지만 내 인생을 잃어버리지는 않았다. 나는 1962년 처음 시를 발표했다. 그때 사람들은 놀랄 만한 재능을 가진 아이가 나왔다고 이야기했다. 그 이후 20년이 지나는 동안 한 권의 시집도 낼 수 없었다. 이념적으로 안 된다는 것이 그 이유였다."

내가 죽어 사람들이 나를 잊을 때
그림자로 빛을 깨고
내 무덤에 한번 오라
내 영혼이 당신을 알아보리니
모든 망각의 끝에
잊지 않고 남아 있던 당신을

Чулуун цаанаас нар хүлээж
Учнай чинь цаанаас хайр горьдож удлаа.
Оохийг чинь аргадан суунаа... гэдэн
Өвсөөр гангин зорох чинь хэчнээн.
Мод намайгаа жаргаахгүй хайран „шоронч
Морголичн халуун„ цагаан сум* минь
Өлмий дор чинь хайраа бумлав
Үхэж болохгүй эрүүлэнд халаа тоорулаа...
Эрэлмш урхан руу цовойх жаргахад чинь
эсгий дор чинь нөрөс бологдоо! минний хайр!...

1988.

바오긴 락그와수렌의 자필 원고

한 줄도 나는 베끼지 않았다

한 줄도 나는 베끼지 않았다

바오긴 락그와수렌
이안나 옮김

문학의숲

차례

온몸에 스며드는 몽골의 바람 없이
나는 살아갈 수 없다

초승달이
쌓아 놓은 건초 더미를 헤치며
떨어진 별들을 찾는다

가을 새들의 울음소리에서
아파하는 행복을 듣는다

일어날 일을 생각하기 앞서
지나간 상처가 더 쓰리다

우리

멀리 가자! 하는 너
그러면 둘이서 산이 되자
먼 푸른 산이 되어 지내자!
우주의 푸른 바람에
이마가 나란히 시원하고
평화로운 삶의 휘도는 바람에
산기슭 돌이 따스해지고
몰려오는 구름 그림자에
산봉우리가 가려지지 않는
깃대 촉 같은 산이 되자!
오리온자리를 하늘로 던지고 노는
가까운 마음을 가진 먼 산이 되자!

고운 아침 해가 떠오를 때
네 그림자가 내게 비치고
산 너머로 숨어 숨어 해가 질 때
내 그림자가 네게 비치겠지
만나지 않고 지내는 산이 되자 하는 너

그러면 내 생각대로 강이 되자
산에서 흘러내리는 세찬 강들이 되자!
초원의 낮은 곳으로 넘실넘실 흘러가
조약돌들을 만나고
흘러 흘러 해와 달을 부수고 노는
만나지 않아도 만날 마음을 가진 강이 되자!

두 강 위에 피어오른 물안개가
비구름이 되어 하늘에서 꽃을 피우고
슬프고 기쁜 어느 때라도 쌍으로 떨어지는 눈물처럼
빛바랜 초원 위에 비가 되어 쏟아져 내리겠지, 우리는

순진한 믿음

별들 사이 빈 공간에
별이 있다고 난 믿는다
순환하는 큰 고통의 틈새에
행복이 있다고 난 믿는다
내 순진한 믿음은
비 온 뒤에 무지개가 뜨기 때문인지 모른다
내 순진한 믿음은
어둠 뒤에 빛이 밝아 오기 때문인지 모른다
내 순진한 믿음은
큰 눈물 뒤에
웃음이 가까이 있기 때문인지 모른다
내 순진한 믿음은
큰 웃음 뒤에
눈물이 가까이 있기 때문인지 모른다

늑대

하얀 첫눈을 밟은
말을 늑대가 뜯어 먹고 있다
생명과 생명이
꼬리를 물고 쓰러지는 세상
살아 있는 잠깐 사이
서로를 잡아먹으며 삶을 영위한다

영혼이 떠도는
광활한 희디흰 초원
주위에 흩어진 발자국
함께 달려들어 뜯어 먹은 야수의 발자국
배가 찬 늑대들이
행복을 찾아 저 멀리 사라지고
얼룩 끈 같은 발자국이
뼈다귀에서 멀어져 간다

잡아먹힌 말의
뼈에 닿아 멈춘
발자국에서

뜯어 먹은 늑대의
뼈다귀가 있는 점까지
이 발자국은 계속될 것이다
죽고 산 모든 것을
발자국은 염주같이 연결한다

이 염주로
자비의 보살이 다라니경을 외신다

얻고 떠나는 시

영혼이 떠돌던 인적 없는 허공 속에서
그림자와 빛이 고른
세상을 얻었습니다
불 주위를 도는 아홉 개 혹성 가운데
오직 하나 생명을 가진 혹성을
발견해 내려왔습니다

말이 울고
벌레가 우글대는 숙명 가운데
인간의 모습을 얻어 태어났습니다
사나운 바람이 제 마음대로 부는
역사가 펼쳐진 몽골 땅에
떨어졌습니다

아버지에게서 흐르고
어머니에게서 이루어져
몸을 얻었습니다
풍성한 어머니 옷섶을
마른입으로 더듬대며

젖을 얻었습니다

얻고, 얻고
많은 것을
얻었습니다
나 자신에게 적합한
정신을
얻고…
천창 덮개를 당길
반려를
얻고
무릎을 비비는
자식을
얻었습니다
다른 사람이 쓰지 않는
시를
얻었습니다…

얻은 육신은

삶을 이기고 넘는 근원으로
스며듭니다
얻은 것은
떠나는 원인으로
옮겨 갑니다

자신의 머리 위로
눈물을 끌어올려 자라는
꽃들을 떠나갑니다
그을음을 날리며
재를 밟는
불을 떠나갑니다
멀리서 보이지 않을 때까지 지켜보는
사랑하는 모든 이를 두고
떠나갑니다

진세의
고통과 행복을 떠나갑니다
원한, 시기

높임, 찬미
모든 것을 떠나갑니다
운줄[1]의 산들과 시원한 샘
아침의 태양
저녁의 반짝이는 별을 떠나갑니다

나 자신을
나는 영혼과 함께
몽골에 두고 떠나갈 것입니다

1 _ 지명, 저자의 고향

다람쥐

총을 겨누고 있는데
다람쥐가 고개를 숙이고 있다
피할 수 없는 상황에 몰려
살려 달라 애걸하고 있는 것이 아니다
총알에 맞는 그 순간까지
잣을 깨고 있는 것이다
생명이 끊어지는 그 순간까지
살아가는 것이 이것…

묘지

세상 속 소리 없는 왕국
적막한 묘지
남아 있는 자들은 영원하지 않으면서
"영원히 기억한다"라고 쓴 말을 바람이 조롱한다

시기와 명성이 무뎌지고 사라진 이곳
살아 있는 운명이 모두 와서 끝을 맺는 곳
평안에 든 자를 떠나보낸 생자들은
쉬 잊으려 서둘러 자리를 떠난다

사라지는 이유를 별들로 둘러대도
생성하는 근원은 풀줄기로 나온다
흩어져 떠돌던 혼들이 한자리에 모여 낄낄대며
너희들 바보 하고 벌레로 침을 뱉는다

수백 번 뱉은 침에 배가 불룩해도
묘지는 항상 목이 마르다

산을 보고

산을 보고
영원하다 부러워하지만
흐르는 바람결에 깎이고 닳아지는 것을 생각하고
유한한 것을 한하지 않는다

돌을 보고
영원하다 부러워하지만
균열이 생기는 것을 보고
유한한 것을 한하지 않는다

물을 보고
영원하다 부러워하지만
흐르고 마르는 것을 생각하고
유한한 것을 한하지 않는다

길고 짧고 높고 낮은 세상에
원래 영원한 것이 하나도 없음에 '족하다'

보르즈긴[1] 갈색 평원

숨을 내쉬면
입천장에서 어머니의 젖 맛이 느껴지고
바람 끝을 삼키면
야생의 쑥 향기가 목에서 맴도는
보르즈긴 갈색 평원이여
보름달이 가도 가도 끝이 없어 초원에서 밤을 지내는
'하늘이 눕는 자리' 은빛 초원이여

야생 달래의 하얀 머리 외에 달리
마음의 평안을 줄 만한 꽃도 없는 벌거벗은 들판
고귀함과 평범함의 양극
태양과 비가 치대고 대지의 젖을 머금은 옷자락
내가 하늘을 뒷발질하며 태어날 때
비단처럼 부드러웠던 너

행복과 고통을 맛보며
돌 위에 기쁨과 슬픔의 눈물을 떨굴 때
사내답게 줏대를 가지라!는 듯
나를 향해 눈물을 되뿌리며 굳세디 굳세었던 너

자갈밭에서 깃이 자란 새가 하늘에서 죽음을 맞으면
바람을 타고 날던 깃이 다시 네게로 돌아내린다
새끼가 죽은, 어미 낙타의
뒷발굽이 갈라지도록 뚝뚝 떨어지는 핏빛 닮은
젖을 삼켜 어미의 고통을 함께 나누며
탱탱히 불은 젖에 휴식을 주던 너
선조의 시신, 떨어진 하늘의 별똥별을
세상 중심과 하나로 연결시켰던 너
네 상처는
심장의 상처보다 더디 아무는구나, 초원이여!

송아지가 풀을 뜯는 초지로부터 시작해
장난감을 가득 펼쳐 놓은 너는
나를 천진난만하게 만들어 주었다

지나간 수세기 동안의 쓰디쓴 교훈을
함부로 말하지 않았던 너는
나를 순백하게 만들어 주었다

대지의 눈 같은 샘의
바위를 뚫는 힘찬 흐름은
나를 용기 있게 만들어 주었다

멀리 보이는 나지막한 톱날 같은 산봉우리
푸른 불의 날선 붉은 화염은
나를 위로 타오르게 만들어 주었다

아름다운 너의 빛바래고 닳아 가는 모습
달이 있는 밤의 소리에 얼크러지는 희디흰 가락은
나를 부드럽게 만들어 주었다

고향의 덕스럽고 복된 사람들
호수와 연못 속 한 개 돌까지도
나를 인간으로 만들어 주었다

있는 그대로 천 개 산들을 닮아
머리에 백발이 앉는다
어린 시절 빨았던 어머니의 젖이

몸 밖으로 나와 희디희어질 때
나는 네게 나의 시를
석인상처럼 남기고
내 그림자를 누르고 쓰러져
네 심장 한가운데로 스며들리라
보르즈긴 갈색 평원이여!

1 _ 조상 때부터 터전으로 삼아 온 몽골의 광활한 초원을 이르는 말

2점

3교시 쉬는 시간
선생님께서 날 부르셨다
슬프거나 기쁜 일 어느 하나로
선생님께서 날 부르셨을 거다
두려움, 주저, 그림자가
내 뒤를 따라왔다
교무실 문의
열쇠 구멍으로 안을 엿보니
선생님께선 혼자 앉아
공책을 검토하고 계신다
말이 어눌한 나이였던지라
곧바로 들어갈 용기가 나지 않았다
소가 꼬리를 추켜올리고 뛰는 한창 더위에
송아지 꼬리를 잡고
넘어지지 않는 작은 '힘'에 우쭐해할 때
아버지께서 풀을 찾아 가축을 몰고 멀리 가시고
폭우가 쏟아져 내리던 밤
집에서 '용기' 있게 지냈던 일이 생각나자마자, 난
"선생님, 들어가도 돼요?"라고 했다

"들어오너라, 락그와수렌!"

선생님께선 잠시 아무 말씀 없으시다가
나를 뚫어지게 쳐다보셨다
그 눈은 '잘못한 게 있지' 하고 말한다
잘못이 있다면 모두 말해 버리고 싶었다
말수가 적으신 선생님께서는
눈으로 말씀하시곤 했다…
작나무[1] 장작불처럼 타오르는 눈빛은
분명 뭔가 한 가지를 말씀하시고 있었다…
허름한 내 공책을 펼치시더니
"이 생각은 다른 사람 글에서 베낀 거지!!!
최소한 옳게 베껴 썼더라면…
너의 작은 주의력을 생각해서 중간 점수는 주었을 게다
다른 사람이 흘린 땀으로
자신의 부족을 채울 수 있는 거니?
2점[2]을 준다!"라고 하셨다
아무도 없는 황량한 사막의 코브라 같은 2자가
공책에서 자꾸 고개를 들더니 붉은 무지개가 떴다

첫 아네모네의 예감을 실어 온 봄바람을 흐느끼게 하며
가방과 마음의 의욕이 온통 젖도록 울었다, 난
학창 시절 그 어리숙한 실수를
잠깐 지나가 버린 세월 앞에서
용서하세요! 저를… 선생님!
다른 이의 마음과
　　　　피가 배인 아름다운 시에서
한 연은 물론이거니와
　　　한 줄도 베끼지 않았습니다, 저는

1 _ 사막에서 자라는 나무
2 _ 2점은 예전에 성적 가운데 가장 낮은 점수

삶의 메모

서로 마음이 맞지 않아
손발로 몸싸움을 했다
왼편 이웃의
그 어른 댁이 어제 이사를 했다
그 집터에
여기저기서 귀여운 꼬마 아이들이 모여들어
아내가 남편을 향해 던져 깨진 사금파리
미움을 풀고 평안해진 분노의 파편을 맞추며
화목한 가정이 되어 논다

고요

둥근 화살촉 같은 초승달이
머리 위에 있다
별이 내린 연못이
옆에 있다
소리를 삼킨 고요가
주위에 있다
원앙조차 소리를 머금은
적막함
스스로 미동이라도 하면
풀이 신음 소리를 낼 듯
한마디 말소리라도 나면 메아리가 울려 퍼져
안개가 흩어질 듯
성냥을 그으면 놀랄 만큼
고요하다
시를 쓰자 하니
숨소리가 들린다
        게다가…
        게다가…
        게다가…

무제

배부른 사람에게
배고픈 사람은 '눈엣가시' 같고
부자의 눈에
가난한 사람은 '인간 나부랭이' 같다
죽어 운명이 평등해질 때
있고 없음의 차이는 사라지고
맛이 있고 없음을 느끼는
짐승이 있다면 구더기가 있을 뿐

이별

이별할 때는 이별답게 이별하느니
왕처럼 살고, 개처럼 죽으리…
나를 에돌아 불던
부드러운 바람의 실타래를 풀고 떠나가리라

다시 걸으면 밟았을
꽃의 생명을 일으켜 세우고 이별하리
한 모금 공기를 가슴에 삼키고
도로 내쉬지 않아 하늘이 주신 육신을
괴로이 하며 떠나가리라…

이별할 때는 이별답게 이별하느니
왕처럼 살고, 개처럼 죽으리

먼 호수

먼 호수의 더러움을 구름이 씻어 지나가고
누런 갈대 먼지를 바람이 불어 몰고 간다
봄에 온 철새들이 여름을 지내며 한 철이 지나고
그 옆에서 자란 나만이 어딘가 가지 못하고 늙어 간다

무사태평

진실하게 살았느냐
염라대왕이 내게 묻는다
아니요, 아닙니다…
염라대왕 당신에게도 진실이 없습니다 하고
나는 뻗댄다
분개한 염라대왕이 나를
마른 풀처럼 씹어 댄다
돌아오지 않을 내 뒤에서
비애의 그림자가 눈물로 살이 찐다
신이 날 위해
잘잘못을 가려 심판할 생각은 하지 않고
다른 사람들이 있다며
태평하시다…

내가 죽어

내가 죽어—사람들이 나를 잊을 때
그림자로 빛을 깨고
내 무덤에 한번 오소서
내 영혼이 당신을 알아보리니

모든 망각의 끝에
잊지 않고 남아 있던 당신에게
자욱이 내린 안개가 즐거워하고
발에 걸린 돌이 즐거워하리니

이별에 흐려진 풀이
아파하다 기뻐하며
옆에 눈먼 산들이
내려다보며 기뻐하리니

사랑했노라 진정으로…라고
가장 마지막 내 뼈들이 모여 외치리라

신앙이 아니라 사랑으로

신앙이 아니라 사랑으로 나는
당신의 그림자도 밟기를 원하지 않았던 거라며
당신의 신령한 정기를 소중히 보듬고
진정 당신을 갈망하고 그리워하며 살아갑니다

구름 너머의 태양을 기다리며
언어 너머의 사랑을 고대한 지 오래
금방은 내게 행복을 주지 않을 사랑의 감옥
당신은 순백하고 간절한 기도의 사원

당신의 발끝 아래 사랑을 묻고
죽을 수 없는 세상에서 길을 잃었습니다
다른 이의 입술을 바라며 행복해할 때
내 당신의 발밑에서 버팀목이 되리라, 내 사랑아

새는 깃으로 운다

높은 곳에서 날다가 떨어질라, 아가!
털이 삐죽한 어린 새끼들의 우모초[1] 같이 가는 다리를
젖가슴이 없어도 어미 새는
단단한 털로 엮어 묶는다고 한다

가파른 협곡 꼭대기 익숙해진 둥지에서
구름과 별과 놀다 지루해진 철없는 새끼 한 마리가
한쪽 날갯죽지를 겨우 오므렸다 폈다 할 수 있게 되자
"깃이 다 자랐어, 난!" 하고 혼자서 비상을 한다고 한다

먹이를 찾으러 가 어미가 없는 사이
박살이 나도록 바위에 부딪치며 날 때
어미 새는 둥지에서 애달프게 날갯짓하며
제 가슴의 털을 뽑으며 깃으로 운다고 한다

1 _ 초원에서 자라는 나래새과의 가는 풀

향수

고향을 그리며 금방이라도 달려갈 것 같은 말이
산봉우리를 응시하며 말 때 가장자리에 서 있다
새벽 여명에 시원한 바람이 불고
타지에서 자신의 털도 떨어뜨리지 못하며 향수에 가슴이 멍울
진다
어린 봄풀을 뜯지 않은 채 냄새 맡고
마른입을 물로 축이며 공연히 땅을 뒹군다
시위를 당긴 화살 같은 바람이 머물고
발굽을 턱턱 치며 부드러이 투르르 콧소리를 낸다
초승달처럼 몸을 구부리더니
옆 산등성이 오보[1]를 가리며 달처럼 사라진다
훨훨 자유로이 달려가는 그 뒤로
다리를 묶어 놓았던 고리 세 개가 헤벌어진 채 남아 있다

1 _ 신앙적 돌무지

가을바람

상념이 흔들리는
흐린 가을날
어린 낙타 새끼 울음소리에
술 같은 눈물이 고인다
곱드러지며 떨어진 눈물에
취한 옷섶의
단추 두 개가
절로 떨어진다

일어날 일을
생각하기 앞서
지나간
상처가 더 쓰리다
낮게 부는 누런 바람에
풀이 성질을 이기지 못하고
말 못하는 흰 안개가
산 중턱에서 똬리를 튼다

적막을 깨며

개가 짖고
함께 가는 양
메아리가 따라 짖는다
짙은 구름이 땅에 내리더니
오후에 비가 내린다

바람이 잦아졌는데도
마음속에 바람이 분다

겨울에

겨울에 눈이 조금 내린 탓에
자라기를 서둔 나무들의 발끝이 마르고
다른 이를 위한 몸짓이 적은 탓에
따스히 살자 맺어진 사람의 끝이 건조하다

무지개예요 나는

어머니에게서 쏟아진 붉은 비가
아버지의 심장을 적시고 개인 뒤
오랜 기다림 끝에
고비 위로 뜬 무지개
태양을 여섯 개로 자른 천창天窓[1]틀이 있는 게르[2] 위로
날 안으려고 서둘렀던 모든 이의 품 위로 뜬
무지개예요 나는

엄지손가락을 감는 가죽 끈같이 짧은 인간의 운명에
빈부의 차별 없이 살아 있는 존재의 다채로운 꿈에
한 끝은 하늘에 연결하고
다른 끝은 땅에 대고
잠시 뜨다가 사라지는
형형색색 그림 무지개예요 나는

사람 위를 밟았던 세월의
잠시뿐인 수직의 현상
신성한 갈색 땅과 푸른 하늘의
유희일 뿐인 공空

구부러진 활처럼 와서 돌에 다리를 뻗치고
태양의 벗처럼 와서 꽃을 어루만지고
내게 주어진 힘과 재능 위로 띠 모양을 이루며
다시 얻지 못할 두 노인의 무덤 위로 몸을 구부리고 뜬 무지개

시작의 끝은 가축의 젖에 드리워져 있고
끝나는 점은 눈물에 드리워져 있는
무지개예요 나는

1 _ 게르의 천장으로 뚫린 환기구
2 _ 몽골의 전통 이동 가옥. 천창의 둥근 틀이 여섯 개의 칸으로 나누어져 있
　　음을 뜻한다.

저 푸른 영원의 산 ─ 내 아들의 산

─ 은혜로우신 아버지 바오께

아련히 피어오르는 아지랑이 속에서
길들여지지 않은 말처럼 불쑥 솟아오른
저 푸른 영원의 산
내 아들의 산
솟아오르는 태양을
이마로 들이받아 높이 떠오르게 하고
지는 태양을
등에 지고 장관을 이룬다
태양이 스미지 않고
나뭇잎이 마르지 않는
푸른 영원의 산

아들이 잘 살아가는 것을 들으며
그 곁으로 노래하며 지나가니
산도 노래하네
내 아들의 영원한 푸른 산
반려를 땅에 묻고
그 곁을 울며 지나가니
산도 우네

내 아들의 푸른 영원의 산

늦둥이로 보게 된
하나뿐인 사랑스런 아들에게
말 떼 중 네 말이라고
망아지를 굴레 씌워 주려 하니
너무 어리다는 생각에
연푸른 안개가 피어오른 초원의 지평선으로부터
화염처럼 솟아오른
푸른 영원의 산을 네 산이라고
아들에게 손바닥을 펴 가리켜 주며
흡족해했네

아련히 피어오르는 아지랑이 속에서
길들여지지 않은 말처럼 불쑥 솟아오른
저 푸른 영원의 산
내 아들의 산

말

진실한 말을 크게 말하면
거짓으로 들리고
거짓말을 크게 말하면
진실로 들린다

진실한 말을 속삭여 말하면
진실로 들리고
거짓말을 속삭여 말하면
전혀 들리지 않는다

부드러운 풀

부드러운 풀이 개미에게는 시원한 숲 같고…
꿈은 사람에게 벌꿀과 같고…
원한은 죽음의 역부役夫 같고…
먹지 못하고 떨어뜨린 밥은 하늘의 양과 같다

그 어느 여인에게

이루지 못한 사랑으로 아파하며
호르[1]의 현같이 화음을 조율하며
온몸을 태우며 지낼 때
당신은 날 대수롭게 여기지 않았습니다

그럴 때 당신은

멀고 먼 곳의
불 끄는 존재와 같았습니다

2행 시 같은 당신의 입술에 입맞춤하며
세상을 견디며 살자 했던 큰 생각을
이루지 못했습니다

이슬비 같은 여러 해가 흘러갈 때
줄곧 당신 꿈을 꾸며
그해 맛본 고통의
절반도 잊지 못하고 살아갑니다

남몰래 소식을 기다리던 순진한 꿈속에서
보랏빛으로 늘 당신이 찾아옵니다
이루지 못한 행복으로 잡힐 듯 말 듯 놀리면서
서서히 당신은 새벽으로 사라져 갑니다

당신과 이어진다 생각하며 난 태양과 섞이고
세상의 먼지와 꽃 속에서 제 상념에 쓰러집니다
꿈의 결말은 이렇듯 진실과 이웃하고
예감의 엉킨 매듭이 풀어집니다

애쓰며 살아가는 삶의 한 곁으로
꿈꾸는 것 외에 다른 힘이 내겐 없습니다!
당신을 잊지 않고 살아가겠노라
동트는 새벽빛
반짝이는 오리온 별자리로 말하게 하리까?
가을 나뭇잎을 맞추어 쓴 시로
겸허한 여인 당신에게 인사를 전하리까?
시인 락그와수렌의 아내가 되어
고생하며 살지 않게 된 것을 축하드리리까?

1 _ 몽골의 전통 2현 악기

서정의 궤도

천창을 타고 내린 태양에
옷자락을 여미고,
비단 문양을 맞추어
운명의 만남을 축원하며
엄마는
아버지의 델[1]을 짓는다

잘 살아갈 것을 기원하며
델의 섶과 깃을 무릎 위에 받쳐 들고
천창 조임 끈을 쫓아
태양 방향으로 비단실을 돌려 가며 땀을 뜬다

일을 이루리라 마음먹고
구름 그림자도 잊을 때
아기는 문지방을 기어 넘어
구름 한 점 없는 고운 하늘로
팔을 당기게 해 일어선다

게르 밑 조임 끈에 매달려

첫 걸음마를 시작해 보는 아기
젖이 갑자기 찌르르해져 오자
엄마는 아들 생각에 소스라친다

─우리 아가, 어디 있니?
출렁이는 푸른 하늘에 아기 부르는 소리가 흩어진다
번성의 왕, 태양이 입을 맞추며 스러지는
서쪽 문가에서
자그만 신발에 달린 방울 소리를 울리며
─아앙, 아기 소리가 난다

사랑하는 엄마의 유방에 젖이 돌고
새끼손가락만 한 아기의
소리가 잠시 사라진다
아기 생각에 엄마의
뜨던 바늘땀이 길을 잃는다

─우리 아가, 어디 있지?
비단실을 잣는 엄마의 목소리가 흩어진다

새벽으로 천창 덮개의 두 끈이 만나고
햇살이 열 지은 정오 잠시 휴식을 취하는
게르 안측 부근에서
─아앙, 아기 소리가 난다

원앙 같은 어미 가슴에 젖이 돌고
손가락만 한 아가의
방울 소리가 잠시 사라진다
고운 비단 문양이 서로 어그러지고
바늘 끝이 휘청이며 쓰러진다

─우리 아들 어디 있나?
눈을 동그랗게 뜨고 아기를 부른다
솥에 든 우름[2]이 가득한 달빛을 쫓아
밤새 누렇게 응고되고
누런 태양이 출렁이며 솟아오르는
동편 게르 아래서
─아앙 소리를 내며
지상의 태양, 아기가

문으로 집 안을 삐죽이 들여다본다

기적을 일으키는 어미의 유방에서
저절로 젖이 흘러내리고
사랑스러운 아기, 사람의 자식은
엄마의 목소리를 들으며 걸음마를 시작한다

평화로운 하얀 게르를 돌았던 첫 번째 발자국이
동그란 해와 달을 땅에 그린다.

1 _ 몽골의 전통 의상
2 _ 가축의 젖으로 만든 유제품

꽃 묵주

어머니
당신의
희디흰 대리석 발 앞에
꽃을 놓아 드리려고
꽃을 땄습니다

당신의
고우신 마음을 발견하곤 했던 청금석같이 푸른 초원
호오의 차별 없이 그늘을 드리워 주는 구름 그림자 아래
인적 없는 곳에서 제 노래를 듣습니다

응석받이 철부지가 푸른 개울가에서
꽃을 땄습니다.
울면서 땄습니다
떨어진 회한의 눈물
눈물이 뚝뚝 떨어진 꽃들을 모두 땄습니다

당신에게 꽃을 깔아 드리려 하니
한여름 꽃은 말할 것도 없고

백 년의 꽃으로도 자라지 않습니다

고우신 어머니
관자놀이에 서리가 내리지 않으신 어머니
당신이
세상의 순리, 영원의 밤 속으로
떠나신다고 울었습니다
별들이 날아갈 듯한 죽음의 검은 폭풍 속에서
추위에 떠신다고 눈물 흘렸습니다

당신이
수천 개 뿌리 끝 마디마디에 스며들어
떠오르는 태양을 향해 자란다고 안심했습니다
평화로운 새벽 흠 없이 하얀 새벽별이 있어
시작되는 모든 것의 선봉에서 빛난다고 마음을 놓았습니다

어머니 당신은
이별로 화석화된 가락
따스한 채로 굳은 가축의 젖

어머니 전 당신의
연속입니다

사슴의 소리

안개가 초원에 내릴 때
사슴의 울음소리가 시작된다
붉은빛을 머금은 소리에
찢긴 안개가 다리에 감긴다

욕정에 취한 암사슴들이 소리를 내며
하얀 엉덩이를 흔들자
흰 야생소금이 있는 호숫가에서
어지러운 뿔들이 탁탁 소리를 내며 부딪친다

사슴의 울음소리에
수척해진 나뭇잎이 떨어져 날고
암수의 정열적인 몸짓에
주위의 풀들이 취한다

죽음이 가까워진 늦가을 파리가
짝짓기를 위해 쌍으로 날아다닌다

비가悲歌

호숫가에 엇갈리게 서서
갈기를 비비는 두 마리 말
서로 비껴 멀어져 갈 때는
구름이 어지러이 흩어지도록 히이잉− 울고
콧방울을 벌름거리며 만날 때는
대화를 나누기라도 하듯 투르르 콧소리를 낸다

장대 올가미와 안장깔개가
잠시 멀어지는 것일 뿐
운명이 갈리는 것이 아닌 같은 무리의 말들,
안개 자욱한 새벽 줄에 매여
나담[1] 꿈을 꾸는 두 마리 말

산등성이에서 불어오는 바람에 꼬리털이 헝클어지고
물에 내린 달을 공평히 나누어 핥아 먹는다
지금은 이렇게 한 암말의 새끼처럼 지내도
언젠가 오보에 올려놓은 어느 하나의 말 뼈[2]에
놀라서 지나가게 될 테지! 아, 가엾은 것

1 _ 말 경주, 활쏘기, 씨름 경기를 벌이는 몽골 민속 축제
2 _ 경주마가 죽으면 높은 산의 돌무지인 오보에 올려놓는 풍속이 있다.

살육

빛과 그림자의 언저리에서
집개와 늑대가
나, 너를 가르려고
서로를 물어뜯는다
소리를 죽인 죽음과 삶
사이에서 붉은 피를 흘리게 하려고
파괴의 숫돌에 갈던
이빨로 상대를 베어 문다
서로의 입에
생명과 생명을 처넣은 두 마리 야수
마지막 숨을 앗으려고
암컷 수컷이 맹렬히 싸운다

죽은 놈의 눈을 파먹으려고
까마귀가
그 위를 맴돈다

알 수 없는 멜로디

우리 집 옆쪽 가게 문 앞에 '아코디언'을 들고 있는 한 눈먼 사람이 앉아 있다. 그는 항상 악기를 연주하며 노래를 부른다. 앞쪽으로 입이 벌어진 가방은 볼 때마다 무엇을 달라고 말하는 것 같다. 추운 겨울날에도 하루 종일 노래를 한다. 저녁이 되면 어떤 곡인지 어떤 노래인지 알 수 없는 것을 콧소리로 흥얼거린다. 그 주변을 지나가는 사람들은 이미 귀와 눈에 익숙해져 동정은커녕 쳐다보지도 않게 된 것 같았다. 그러나 그는 그것을 전혀 눈치채지 못하고 계속 노래를 부른다.

눈을 덮은 안경에는 성에가 끼어 있고, 곱은 손가락은 세상의 단 하나의 행복한 화음을 찾는 듯 아코디언을 더듬댄다. 그 도망가 버린 음을 어디서 그리 쉬 발견하랴.

몇 푼의 동전이 가방에 들어갈 때쯤 떠돌이 아이들이 잽싸게 달려가서 한번에 동전을 쓸어 담아 사라져 버린다. 잃어버린 뒤에 가방 입구를 더듬거리니 동전이 어디 있나. 그것이 하루 종일 노래하고 연주한 대가였다. 겨우겨우 살아가는 사람을, 힘들게 살아가는 사람까지 베풀지 못하고 빼앗아 가니 도대체 시대가 왜 이런가 하는 생각이 든다. 잊자. 아주 마음을 굳게 먹고 잊자고 생각할 때, 꽤 세련되게 차려입은 청년 둘이 그 옆을 지나가려다가 양쪽 호주머니에서 종이 쓰레기와 가운데를 찢은 노트 조각을 꺼내더니 그 가방에 힘껏 던지고는 유쾌하게 웃으며 간다. 그러자 그 가엾은 눈먼 연주자는 노래를 부르다가 멈추고… 기쁨을 감추지 못하고 '여보게들, 오래오래 잘 살게나' 하고 젊은이들 등 뒤에서 아주 큰 소리로 말한다.

엄마와 함께 본 그해 나담 축제

엄마와 함께 본 그해 나담
꽃과 태양에 숨이 가빴던 나담
엄마와 함께 본 그해 나담
사탕과 웃음이 넘쳐났던 나담

축제를 즐기는 사람들의 정수리 위로
태양이 뜨겁게 작렬했지만
풍성한 델 같은
엄마 그림자에 숨어들면 시원했다
단에 줄 테를 두른
목면 델에서
새 천 냄새가
솔솔 나는 게 여간 좋은 게 아니었다

나처럼 행복한 사람이 없었던
그해 나담
태양과 비가 적당했던
그해 나담

일곱 번째 경기에
해가 막 저물어 가는데
"두 살배기 말이 들어온다!" 하고 술렁이는 소리가
드넓은 말 경기장 평원을 가득 메웠었다…

앞서 달려온 두 마리 말이
비치그트 평원을 앞서거니 뒤서거니 하고
두 살배기 말 여섯 마리가
먼지 장막 속을 빠져나왔었다…

꼬리에 꼬리를 이으며
말 간격이 더욱 가까워지고
결승점은
눈에 보이는 이웃 마을 정도의 거리

일단 초지에 들어오면 우승할 거라는 기대 어린 자부심이
안장 위 모든 기수에게 불타오를 때
글자가 있는 바위그림이
꿈틀꿈틀 움직이는 것만 같았다…

암말을 끌고 가는 노인 조련사가 옆에 있던 것을
난 흥분에 들떠 보지 못했다…
오른쪽 등자¹가 쇳소리를 내고
쨍그랑거리도록 울며 암말이 새끼에게 가려고 애를 썼다

여섯 번째로 달리던 두 살배기 흰말이
재갈을 누르고 히이잉 소리를 내며 빠르게 질주한다
저런 마법 같은 힘이 어디서 나오는 걸까
빛을 발하며 전속력을 다해 선두로 결승점에 들어왔다

땀을 닦아 줄 짬도 주지 않고
젖을 빨려고 어미에게로 덤벼들었다
어미 소리를 들은
어린 말은 화살

그렇다는 것을 아는
경험 많은 조련사는 활
엄마와 함께 본 그해 나담
꽃과 태양에 숨이 가빴던 나담

엄마와 함께 본 그해 나담
사탕과 웃음이 넘쳐 났던 나담

1_ 말을 타고 앉을 때 발을 디디는 물건

왼섶 델

낳으시고
키우신
어머니를 기림

주위의 솜씨 좋은 누이들이 꿰맨 델의
소매 겨드랑이에서 오려 낸 천 조각을 맞추어
알록달록한 델을 왼섶으로 내어 박음질했다
어머니의 마음을 이제 돌이켜 생각하니
어머니는 모든 사랑을 모아
'사랑스런' 자식에게 입혔던 거다…
젖가슴마다 흰 젖으로
세상에 연결되어 있었던 거다

가뭄이 들던 해 끝에 태어나
불을 돌아 기어 다니며 큰
하나밖에 없는 아들이라 하여
지극한 사랑으로
델 섶을 반대로 하여 아들이란 걸 감추고
안쪽 단의 박음질을

마무리하지 않았다

다른 사람이 관심 있게 보며

아, 예쁘다 하는 거짓 사랑스러움을 피하고

무관심한 듯 대하며

사랑을 숨겼다

딸이라 하여 성까지도 바꿔

다른 사람 귀에 이름을 숨겼다

놀라서 가 버릴지 몰라! 작은 내 아가야! 하고

입맞춤까지도 멀리했다

오른섶 델에 익숙지 않아

많은 것을 가슴 반대쪽으로 넣었었다! 난

바다 같은 어머니의 사랑을 있는 그대로 느꼈더라면

철없는 아들은 망나니가 되었을지도 모른다

보이지 않는 사랑

사려 깊음은

세상에 나를 지탱해 준

희디흰 축

어둠

꽃이 기어오른
산에 불을 밝히고
별들이 내려와
초원에 무릎 꿇을 때
꽃빛이
별빛에 시집 가
어둠이 되고
꽃 색시 얼굴 환히 보이게 하려고
새벽이 밝아 온다

어둠 속에서도
밝은 빛 속에서도
까마귀는
검게 보인다

홀로된 원앙

1. 던짐

가을 달이 뜨자 호수의 푸르름이 점차 줄어든다. 돌아가는 두루미 떼가 모여들더니, 중국 경극에 나오는 검 같은 날개로 물을 친다. 가을 새들은 주로 호숫가에서 날갯짓 하고, 호수 한가운데는 거의 가지 않는다… 가을 호수 물은 가운데부터 차가워지기 시작한다… 세상을 떠나는 사람은 심장부터 굳어져 간다고 한다…

홀로된 원앙이 호수 한가운데서 슬피 운다. 이별은 따뜻하고 차가움의 감각마저 무디게 하는 것일까? 물 가장 깊은 곳에 있는 새가 가벼워 보인다.

자신의 '큰' 고통이 다른 이에게는 '작게' 생각되는 것을 잊고, 자신의 '큰' 고통이 다른 이의 '큰' 고통에 비해 작다고 생각하는 것이 옳은 비율이다.

2. 뿌림

멀리 홀로 떨어져 있는

한 마리 원앙이 슬피 운다
먼 소리를 전해 주는
물결이 애달프다
　　꾸꾸꾸
　　꾸꾸꾸
　　꾸꾸꾸
자기 짝을 찾으며 운다
자기 깃 속에서 운다
호수 가운데서 운다
가슴속으로 운다

지난해 이곳에서
둘이 함께 지냈다
올해 원앙은
둘인데…
그 짝은
자신의 그림자…

원앙이 홀로 운다

꾸꾸꾸
꾸꾸꾸
꾸꾸꾸 슬피 운다

한밤중 말이 투르르 콧소리를 내다

소란스런 가축우리 여름 영지 가에서
한밤중 말이 투르르 콧소리를 냈다
환한 꿈이 초원을 향해 잠을 설치고
게르 안에서 뒤숭숭 마음이 들썩인다

몇 마리 수레를 끄는 말들이
더듬거리며 밤을 지낸 새벽
평화로운 고향을 그리워하며
부둥켜안고 밤을 지낸 눈썹을 뗀다

수레를 끄는 말이든 양을 모는 말이든
보름달 아래 투르르 콧소리를 내며 밤을 지낸
우리 가운데 가축의 모범인 말들은 멀리 가지 않고
쓰레기 더미 가에서 자갈돌을 파헤치며 밤을 지냈다…

가을 달

흰 서릿발이 내리고 차가운 바람 부는 밤
달이 대지를 비추며 여기저기서 밤을 지냈다
건초 더미 옆에 고인
갑자기 퍼부은 빗물 고인 웅덩이에서 밤을 지냈다
누런색이 밴 흰 게르 안측으로
쑥 들어와 이리저리 배회하며 밤을 지냈다
세 번 찬물을 부어 증류한 순도 높은 소주 냄새에 비틀거리며
서른세 개¹ 오아시스에 크게 취해 밤을 지냈다

1_고비의 모든 오아시스를 나타내는 상징적인 수

초원의 가을

온화한 가을 흰 구름이
점점이 흩어져 있다…
녹슨 추억의 검[1]이
푸른 눈물을 떨군다
아지랑이가 적어진 초원으로
시원한 바람이 구르고…
무성한 침엽수가 드리운 그늘에서
점박이 메뚜기가 차르르 소리를 낸다
가을 태양이 내려와 피어오른
열기에 머리가 띵하다
망아지에게 그늘을 만들어 준 암말이
묶인 줄에서 멀리 가지 못하게 하며
망아지를 괴롭게 한다

1 _ 초원에 버려진 검을 이름

고비

상처 입은 영양이
모래에 피를 흘리지 않으려고
자기 피를 핥으며 상처를 치유하는 고비

마음씨 고운 여인들이
남정네를 욕되이 하지 않으려고
허리띠를 단단히 졸라매는 고비

태양 아래서 활을 쏘아도 그 끝에 이르지 않고
샘물은
물동이가 후들후들 떨 만큼 차갑고

달이 걸려 밤을 지새우는 우뚝 솟은 선바위
지상의 바위 뿔
산봉우리들이 뜨겁게 작렬하는 곳

추위와 더위가
순환하며
만들어진 고비의 경계

단단함이 부드러움을
이기지 못해
이루어진 고향

이 시대 우뚝 솟은 마천루들이
산등성이 위에 몸을 일으켜
신기루 속에서 껑충 뛰어오를 듯

멀고 먼 수 겁劫의 꿈이
모래 밑에서 꿈꾸며 미소 지으면
모래는 끊임없이 요동치고

하얀 초승달의
청정함에 감동해
밤새 노래하며 스러지는 곳

힘찬 황금빛 태양
빛나는 햇살에 작렬하며
종일 위로 위로 몸을 꿈틀대며 타오르는 곳

어떤 것에도 녹지 않는
황금빛 모래
태양의 부서짐

회색빛 대지의
건조한 물결
바다의 잔해

쌓아 놓은 장난감을
하룻밤 새 삼켜 버리는
모래언덕

내게 베풀어 준 복으로
생애를 자유로이 살아가는
고향

먼 인가의 진주 같은 게르
가축 냄새는
내 생애 소중한 정감

줄에 매인 어린 낙타 새끼는
모습 그대로
연주하는 모린호르[1]

묘지가 있는 산기슭을 지나며
등자에서
발을 빼지 않는다

운명의 길을 떠나간 노인들의
뼈가
고개를 쳐들고 있는 남쪽 산비탈

푸르스름한 신기루가
서로를 쫓으며
희롱하는 드넓은 모래땅

땅에 맞닿은 푸른 하늘
별이
쏟아지는 산봉우리

쓴 한마디 말에
어린 자식은
땀을 흘리며
밤새 훌쩍이고

끈이 늘어지면서
시끄럽게 수런거리던
가죽 자루에 든 마유주는

색이 푸르스름해지며
발효를 못한 채
넋을 놓는다

상처 받기 쉬운 마음들
해와 달의 젖을 맛본
고비 사람들

고비의 푸르고 맑은 노랫가락에
모래언덕들이 힘차게 고동치는

살아 있는 서른세 개 고비

봉우리를 헤아리며 밤새 길을 가면
도시에 가 보리라는 마음 없이
늙어 갈 수 있을 듯

백양나무가 누렇게 물드는 고비
나의
모래 보금자리

1 _ '마두금'이라 하는 몽골 전통 악기

에튀드

소중한 여인 당신이
내게 썼던
웃음과 눈물로 가득한
편지들을 찢었습니다
너무 절절한 사랑에 염증이 나
아주 먼 하늘로 날아가야지 생각했습니다…
하지만 그러지 못한 채…
죽은 새의 깃털처럼 날아간 곳에 떨어졌습니다…

진실한 말이 그곳엔 하나도 없었습니다…

재수 있는 신음 소리

버스 안은 발 디딜 틈도 없었다. 나이가 들어 제대로 서 있기는 커녕 앉아 있어도 힘이 들었다.

주로 젊은이들이 앉은 자리 옆에 가서 "아이구, 아이구" 하고 아무리 신음 소리를 내도 소용이 없었다. 아무도 내게 자리를 양보해 줄 생각을 하지 않았다. 한 동료 노인이 재수 있는 "아이구, 아이구"를 가르쳐 주었다. 그러나 이 새로운 발견이 내게 그리 큰 도움이 되지 못하는 것이 여간 아쉬운 일이 아니었다. '친구들은 나보다 먼저 수년 전부터 이렇게 해서 자리에 앉았겠지. 우리는 이제 얼마 안 있어 죽음의 길로 갈 거야' 하는 체념 어린 생각을 하면서 걸어갔다. 좌석 줄마다 옆에서 '아이구' 소리를 내며 거의 내리는 문이 있는 데까지 왔다. 어느덧 나는 운전사 옆쪽에 가서 '아이구' 소리를 내고 있었다. '너는 이제 늙어서 어쩔 수 없다. 운전수 자리까지 빼앗으려 드는구나' 하는 생각에 스스로 부끄러운 생각이 들었다.

아직은 뻔뻔스런 마음을 느낄 힘이 남아 있다고 생각하자 한편 기쁜 마음이 들기도 했다. 버스에서 내리니 선거 때 기둥에 붙여 놓았던 어떤 이의 사진이 박힌 광고 포스터가 변덕스런 봄바람에 찢겨 너풀거렸다. ─"당신을 구할 것입니다, 당신을 구할 것입니다" 하고 뛰─뛰─ 하는 듯한 소리가 요란스럽게 났다.

고요

산이 산자락을 누르고, 안으로 숨을 쉰다. 바람이 물 위를 달리다가 인색하게 소리를 모았다. 호수는 말없이… 자신의 소리를 삼킨다.

나는 고요에 싸여 소리와 움직임을 고요에 지키게 한다. 고요가 나를 계속 삼킨다…

프레이아데스 성좌가 골짜기를 들이받고, 가을밤의 새벽이 말안장 받침대에서 밝아 온다. 빛이 소리 없이 다가오고, 말을 묶어 놓는 곳에서 어미의 옆구리에 어린 망아지가 기대서서 깊은 잠에 빠졌다… 잠이 들자마자 놀라 깬 망아지 앞발굽이 더러워진 갈색 종마의 갈기를 밟고 있었다.

놀란 새벽빛이 붉은 돌풍이 부는 초원에 쏟아져 내렸다. 온통 푸르른 고요함이 망아지 발굽에 받혀 깨져 사라진다. 망아지가 다리를 뻗어 다시 붉은 초원을 달린다.

반려와 함께하니 행복하네

우뚝 솟은 바위가 아무리 단단해도
산에 기대어 행복하고
운명이 아무리 가혹해도
자신의 길을 가니 행복하네

피어오른 꽃이 아무리 많아도
물이 가까이 있어 행복하고
쓰러짐과 일어남이 있어도
정신을 의지하니 행복하네

부드럽고 환한 세상이라
태양이 옷자락을 당겨 행복하고
만남과 헤어짐이 있어도
반려와 함께하니 행복하네

나의 연인

봄에 온 철새들이
호수를 두고 떠나갔다
아름다운 모든 꽃들이
자신의 줄기를 두고 흩어져 날아갔다
다른 곳으로 이동한 집터에서
지친 풀들이 자라났다
물이 넘쳐 호수 주위에
야생 소금의 띠가 생길 때
변해 본 적 없는 나의 연인은
예전 모습 그대로…

먼 곳의 푸른 산들이
안개 속에 묻혀 낯을 가리고
두 해 동안 바라보았던 산등성이가
눈에 닳아 낮아지고
이웃 마을의 여인들이 혼인을 하여
시댁 신상에 절을 했다…
혼인할 내가 오지 않을 거라는
소문을 들었을 때

어찌할 수 없는 나의 연인은

그 모습 그대로…

시골 여인

1. 던짐

시골에 사는 아름다운 여인을 보았다…

경주에 탔던 말은 가축을 치러 갈 때 타고 가지 않기 때문에 그녀는 털색이 바랜 늙은 말을 타고 갔다. '늙은' 세월을 탄 그 아름다운 여인, 인사를 하고 지나가며 내가 물은 집을 말채찍으로 가리켜 주고…

좀 거리가 떨어진 인가를 향해 말을 타고 터벅터벅 걷다가 요란한 소리를 내며 미끄러지듯 달려 멀어져 갔다. 한 번도 뒤돌아보지 않고….

몽골 사람들은 사람이 죽으면 장례를 지내고 나서 뒤를 돌아보지 않고 가는 풍속이 있는데 그런 모습 같았다. 말발굽 소리가 시의 운율이 되어 타그닥타그닥 구르더니 점점 희미해지고… 희미해져 갔다.

그 반환점에서 내 시 속의 말들이 돌았다. 그녀는 자신을 내 마음에 남기고 한 번도 돌아보지 않았다…

입술이 튼 것 외에 다른 흠이 없는 건강한 갈색의 그 시골 처녀가 하는 말에서 '아롤' 냄새가 나고, 머리에서 야생쑥과 허브 향기가 나는 듯했다.

2. 뿌림

시골 초원에서 만난
아름다운 여인은
눈썹을 추켜올리고
뽐내거나 멋을 부리는 눈빛이 없었다
깔깔대고 몸을 흔들며
가식적으로 우아한 체 하지 않았던
시골 초원에서 만난
아름다운 여인
건강한 갈색 얼굴에는
분을 바르지 않은 청순함이 있었다
군더더기 없는 성격은
미소 이외 다른 꾸밈이 없었다

소리의 바람

밖에서 까마귀가 꽉꽉거리자
부처상 앞
불등이 놀라 눈을 깜빡이며 몸을 피한다

봄달이 뜨면 어머니는 나를 기다리신다

기러기 소리를
대지가 들으면
풀뿌리가 들뜬다
밖에 어머니가 나와
팔로 연무를 헤치며
내가 오는지 살피신다
헤어짐과 만남의 바람이 엇갈려 불던
한길 입구를 눈으로 달래신다
놀란 젖가슴 같은 흙길이
내 모습을 보여 주지 않아 어머니를 힘들게 한다
먼 푸른 산들의
무관심에 불평을 하며 집으로 돌아오신
어머니는 기대 꺾인 마음을 추스르고
초유 냄새 나는 우유차를 만드신다
이 차가 식기 전에
올 거야! 하고 남 몰래 예견하신다
정신을 놓고 있는 사이
보이지 않게 들어오지나 않았을까 하는
갑작스런 생각에 조바심을 치며

게르 안으로 들어가 나를 찾으신다

원앙이 울면
호수가 평안하다!고 즐거워하시고
야생쑥이 싹트면
초원이 평안하다!고 즐거워하신다

변덕스런 봄바람 속에서도
어머니는 늘 문 밖에
차가운 밤, 별 아래
꿈속에서도 늘 밖에
서 계신다

손톱만 한 작은 해 1

할아버지 가슴에서 홑겹의 게르[1] 안에서 사람이 말하는 것처럼 웅얼웅얼 소리가 난다. 손톱만 한 작은 해가 천창 틀에서 빠져나가지 못하고 있다. 할아버지의 약해진 심장 멀리에서 소리가 난다.

"말을 찾았느냐? 말의 콧소리를 듣고 싶구나…"라고 하신 몇 마디 말에 목이 막히시는 듯 말이 없으셨다.

다행히 말 묶는 곳에서 등자 소리가 나고, 말이 낮은 소리로 히이잉— 울었다. 할아버지는 천창을 덮은 덮개처럼 무거운 눈꺼풀을 이기지 못하고 웃으시며,

"큰애가 왔니? 말을 찾았느냐?"라고 하시는 말씀이 좀 전보다 더 또렷이 들렸다. 나는 나가 보지도 않은 채…

"네, 형이 왔어요. 말을 찾았어요…."

난 나도 모르게 거짓말을 해 버렸다.

할아버지께서 "아, 다행이구나" 하시며 깊은 숨을 내쉬시다 멈추셨다. 읍의 의사가 들어오자마자 오른쪽 문가에서 흰 가운을 입고 나갔다… 손톱만 한 작은 해가 천창 틀에서 날아갔다.

---

1 _ 게르는 계절에 따라 그 위에 몇 겹으로 덮개를 씌우는데, 한 겹으로 된 게르를 말한다.

머플러로 씌워 두었던 마두금 2

할아버지가 돌아가시고 한 달가량 됐다. 게르 안측에 있는 마두금의 이마 가운데 흰 점이 있는 푸른 말 머리를 누나의 머플러로 싸 놓은 지도 한 달 정도 되었다. 고비 사람들은 집안에 초상이 나면 마두금의 눈에 슬픈 눈물이 떨어지지 않도록 이렇게 말 머리를 49일 동안 싸 놓고 상을 치르는 습속이 있다.

어느 날 아침 동쪽 언덕 위로 붉은 깃대를 꽂은 차가 달려왔다. 먼지를 뽀얗게 일으키며 우리 집 문밖에 와서 멈추더니 몇 사람이 차에서 내렸다… 차를 마신 뒤 큰 밀짚모자에 까만 안경을 쓴 아저씨가 내게 "얘야, 뛰어가서 공연단이 왔다고 이웃 사람들에게 전하고 사람들을 모아 오렴" 하고 말했다. 게르에 들어와서 줄곧 얼굴과 눈 화장을 하던 누나가 그 밀짚모자를 쓴 아저씨에게 "감독님, 무슨 노래를 부를까요?"라고 도톰한 입술을 움직이며 말하자 그 키다리 아저씨가 "아, 다행이다. 이 집에 마두금이 있네" 하며 갑자기 게르 안측에 있던 마두금을 꺼내 들면서— 또 "머플러로 싸 둔 귀한 것인데…"라고 하며 머플러를 당겼다. 그러자 마두금의 이마 가운데 흰 점이 있는 푸른 말 머리의 큰 눈망울에 눈물이 가득 고여 채 마르지 않은 것이 보였다.

내게는 어린 시절이 없었습니다

집에 돌아오면 아버지 하시는 말씀을 함께 생각하며
마음껏 놀지 못했습니다
철없이 순진무구한 어린아이로 지내지 못했습니다
아주 경험이 많은 '노인네 생각'을 갖고 살았기에
내게는 어린 시절이 없었습니다…

편찮으신 어머니의 창백한 베개 옆에서
밤낮을 연민의 끈에 묶여
그 많은 놀이를 거절하고
자신을 다스릴 수 있었기에
내게는 어린 시절이 없었습니다

신중한 두 사랑의 산 가운데서
말하고 움직이는 것조차 조심하며
때리는 형 놀리는 동생도 없이 오로지 혼자
마음대로 지냈지만 함께할 형제 없이 컸기에
내게는 어린 시절이 없었습니다

론도

―아내에게

당신의 정수리 위에서
비가 되어 쏟아져
당신의 발끝 아래서
꽃으로 자라납니다
    내 진정한 사랑의 마음이
    당신을 맴돕니다

당신의 베개 밑으로
달이 되어 파고들어
당신의 이마에
태양으로 떠오릅니다
    내 진정한 사랑의 마음이
    당신을 맴돕니다

당신의 입가에서
노래가 되어 퍼져
비단 같은 산마루에서
메아리가 되어 돌아옵니다
    내 진정한 사랑의 마음이

당신을 맴돕니다

여러 해 저편에서
추억이 되어 따라와
당신이 가려 한 쪽에서
미래가 되어 당신을 맞이합니다
　　내 진정한 사랑의 마음이
　　당신을 맴돕니다

당신

포대기에 싸인 아기를 재우려고 몸을 흔들다가
자신이 흥얼거린 자장가에 취해
단추도 여밀 새 없이 잠이 든
사랑스런 당신을 보았소… 앉아 있는…
아기와 당신 볼 색이 참으로 닮았구려
그 옆에 있으니 젖 냄새가 나오.
삶의 나무가 휘어지도록 열린 두 개 과일 열매
같다고 하면 어떨까…
나도 모르게 사랑스런 마음에 당신의
한쪽 뺨에 입을 맞추어 잠을 깨웠소
당신의 꿈을 입술로 베어 버린
버릇없는 사랑을 용서하구려!
'오지 않으실' 어머니 꿈을 꾸고 있을 때 깨웠다면
큰 죄가 되었소. 미안하구려

까치

수레에 앉은 까치가
하늘 험담으로 수다를 떤다
저기서 까치가 운다며
차를 끓이던 어머니는 싱숭한 마음에
사람이 오려고 하면 크게 울면서
아들이 오는 것엔 아무 말도 없고…라고 중얼거린다
아버지는
"까치가 아무리 예조의 새라 해도
'어머니 예감'이라는 게 있는데
제가 더 울어 무엇하겠어요"라고 하는 게 아니냐며
아는 양한다

시에 대한 산과 사람의 대화

몽골 시에 대해 자신의 견해를 아낌없이 이야기해 봅시다! 대화의 '주제'를 찾는 것은 쉽지 않은 일이라 생각했다. 내가 존경하는 연구가, 비평가, 시인들, 나름대로 자기 색깔을 가진 신뢰할 만한 사람들은 모두 '신의 나라'로 떠났다.

나는 방법이 없어 고향의 산과 대화를 나누었다… 고향의 산은 눈이 있고, 귀가 있고, 뜨거운 생명이 있다…

산
─신문, 잡지, 독자들이 당신을 몽골 문학의 최고봉 가운데 한 사람이라고 말하고 또 씁니다.

나
─산이 스스로 높은 줄 모르는 것처럼, 저는 저 자신을 모릅니다. 전 저 자신이 몽골 운문이라는 산의 '기슭'이 되기를 항상 바라죠.

산
─당신은 참 겸손하시군요!

나

─시와 시인들은 '겸손하다'는 것을 받아들이지 않는 것 같습니다. 시는 다른 이의 마음에 불을 밝히려고 시인의 뇌에 켜진 불과 같아요. 시는 운율이 있는 정신의 독재라 할 수 있습니다.

산

─당신의 시는 세계 여러 나라 언어로 번역되었지요.

나

─일반적으로 시는 모국어의 서정적인 운율을 가지고 있습니다. 번역을 한다는 것은 리듬이 아니라 다만 시의 의미만을 번역하는 것일 겁니다! 여러 언어권의 사람들이 다른 나라 시를 읽는 것은 바람직한 일이죠. 그러나 번역을 잘한다는 것은 아주 드문 일입니다.

산

─서양 문학의 '구舊사조'와 '신新사조'의 홍수가 몽골 문학에 어느 정도 영향을 미치고 있나요?

나

―어느 나라의 문학도 서양 문학의 구사조와 신사조에 영향을
받지 않는 경우는 없습니다. 그러나 초현실주의, 포스트모더니즘
등 어떤 사조든 그 흐름을 극복한 문학적 사고를 요구하죠. 같은
것을 요구하지는 않습니다. 세계의 시들 가운데 최고 '왕'은 동양
의 시입니다.

산

―당신은 조금 보수적인 사고를 갖고 있는 것 같네요!

나

―시는 옛것일 수 있죠. 그러나 시인은 옛사람일 수 없습니다.
왜냐하면 시인은 죽고, 시인은 태어나기 때문이죠.

산

―당신은 어느 정도 자유로우신가요?

나

―전 인간의 자유를 좋아하지만, 문학작품의 자유는 좋아하

지 않습니다… 창작인들은 항상 창작의 산고로 괴로워하고, 창작의 '감옥'에서 살아가죠.

산
―오늘날의 몽골 시 수준은 어느 정도라고 생각하십니까?

나
―세계가 있는 그대로 몽골 시를 몽골 사람처럼 이해할 수 있다면 더없이 좋겠죠.

산
―하, 당신은 자신을 대단하게 여기시는군요.

나
―산이시여, 용서하십시오! 저는 절 대단하게 여기는 것이 아닙니다.
전 독자적인 존재입니다!

(산은 다시 대답하지 않았다)

이중주

가을 새들의 울음소리에서
아파하는 행복을 들었네
잔치의 아름다운 노래에서
행복의 고통을 들었네
사랑과 사랑의 아픔에서
그리움의 행복을 보았네

호르의 두 현에서
지치는 고통을 들었네
물속의 붉은 갈색 돌에서
닳아 가는 행복을 보았네
높은 산등성이에서
인내하는 고통을 보았네

듣고 본 모든 것
대신 나는
나 자신을 내어 주리니
세상과 나의
주고받음은 공평하다

시작점 끝점

끝은 시작점에 겹치고
곧은 것은 굽은 것에 겹치고
그릇된 것은 바른 것에 겹치고
죽은 사람에 살아 있는 생명이 겹친다

몽골의 대초원

태양 태양이 비추는 돌들이
투구 모양이 되어 놀고
가을 가을 풀이
활 모양이 되어 노는
몽골의 드넓은 초원

두루미가 돌아가고 호수의 아픔이
가시지 않고 있을 때
맞았던 땅에 행운이 더하여
자식이 재롱을 부리는 초원

꽃이 밤하늘을 간지럽힐 때
초원에 내린 별들을 곱게 쳐서 빛에 섞는
새벽이 밝아 오는 초원…

고비의 개밀이 뽑히도록 휘몰아치는 바람
겨우 반을 넘고서 자만이 지치는
바람이 지치는 초원…

토끼 새끼 달이 구름을 뛰어넘어 미끄러지고
기진맥진해 도중에 밤을 지내며 창백해지는
달이 눕는 초원…

야생 암낙타가 누워 있다 일어나면
하르간¹ 가지 끝에 우름이 딱딱하게 굳어 남는
가축의 젖이 떨어지는 초원…

사내아이 후손에게 왕의 피가 돌아와
눈물의 한을 풀고, 다시 자신의 집안에서 태어나
영혼이 돌아가는 초원…

델이 커지도록 성조 칭기즈의 몸이 작아져
세상 앞에 굽혀 보지 않았던 무릎을 구부려 절한
왕이 무릎을 꿇는 초원…

다른 이에게 쉽게 주어지지 않는 이 대초원을
다리를 뻗어 차고 태어난 후손을
신까지 질투하는

고귀한 여인이 몸을 풀어 자식을 낳는 초원…

태양 태양에 빛나는 돌들이
투구 모양이 되어 놀고
가을 가을 풀이
활 모양이 되어 노는
몽골의 대초원

1 _ 몽골 초원에서 자라는 관목

국경에서 쓴 시

타 지역으로 간 나는 말고삐를 감아 잡고
국경 관문에 왔다
민감한 국경선 너머
더러움이 묻지 않은 조국의 끝
아기를 낳으려는 어머니의 옷자락처럼 펼쳐진
굽이굽이 하르간이 자란 작은 산들

국경의 높으신 세관이
꼿꼿하게 응시하며 종이를 나누어 준다
모든 질문에 답을 요구한 신고서는
어느 나라 사람이냐고… 묻고 있었다

'몽골'이라는
6한¹ 같은 커다란 글자를
푸른 하늘에서 아래로 물 흐르듯이 썼다
몽골에서 얼마 동안 지낼 거냐고 또 묻는다

죽을 때까지 살 것임
죽은 뒤 그 영혼까지 몽골 국적이라고 썼다

'팔 것 있소?' 하며 사람들이
또 그 사이로 뛰어다닌다
무딘 칼 같은 눈이
'몽골을 팔겠소?' 하고 묻는 것 같아 마음이 편치 않다
팔지 않소
팔지 않아요
바라보는 눈이라 하나
깜빡이는 것도 잊고 조국을 비호했다
떠나는 생명이라고 하나
죽는 것도 잊고 변호했다

조국을 내어 주느니 차라니 죽는 게 낫다고 피가 끓었다
활시위, 사나운 검의 후손을 몽골이라 한다
숨기고 있지만 고개를 비죽비죽 내미는 생각을 가져가라!
내 조국을 향해 드리운
탐욕의 눈을 가져가라!
조상이 자신의 뼈에 받쳐 세운
높은 내 나라를 탐내는 것은
당신네 운명으로 가당치 않다

1 _ 몽골 게르의 크기를 나타낸다. 일반적인 5한보다 큰 게르

고향 생각

코끼리 가죽 같은
굽이굽이 주름진 산들 가운데
물고기 비늘같이
반짝이는 도시 서울
맑은 하늘에 연기가 닿고
묽은 우유 같은 연무가 피어오른다
흰 포말이 이는 바다에 앞발을 담그고
노래가 울려 퍼지지 않아 답답함이 맴돈다

노래를 부를 때
그 메아리를 놓쳐 버리는 드넓은 초원
힘차게 잡아당기듯 천창 덮개를 당겨 열면
태양이 천창으로 쏟아져 들어오는
푸른 하늘이 가까운 나라 사람이기에
정갈한 산허리에 박힌
꽃단추 같은 게르가 생각난다

아내의 유방을 돌아 흐르는
검고 푸른 문직의 테같이

따가운 갈색 산봉우리들을 돌아 흐르는
투명하디투명한 물이 생각난다
있는 그대로 모든 것이
한 연 한 연 시상으로 떠오른다
늙은 아버지를 묻은
험준한 산의 구불구불한 산자락이 떠오른다

멋진 동물원에 와서
낯설어하는 초원의 늑대처럼
어찌하지 못하고
붓을 적시며 지낸다
왕이 이곳에서
왕비를 앉혀 실정을 하고
남은 군사들이
자식에게 길을 잃게 한 땅

제주에서
습기와 태양에 내리쬐여
언어가 끓을 정도의 더위에

털이 빠진 말들이
자주 히이잉ㅡ 울며
서쪽을 바라보고
끝도 없는 바다 멀리서
날개 없이 태어난 것에 조롱을 당하고
오보에 놓은 자기 머리를
깊고 깊은 바다에 떨어뜨린 땅

세상의 한 '선진국'
조상으로부터 시작된 먼 핏줄
말까지 섞인 한국 사람들 속에 있어도
진실로 난 고향 꿈 없이 단 하루도 지내지 못했다…
온몸에 스며드는 몽골의 바람 없이
난 살아갈 수 없다…

하늘의 수색

초승달이
쌓아 놓은 건초 더미를 헤치며
떨어진 별들을 찾는다

남자들이 없던 여름

그해 여름은 풍성했지만
너른 마음은 절박했다
비가 풍부했지만
심정은 우울했다

남자들을 할하 강이 불러가 버려
발효한 마유주, 증류한 소주를 마실 사람이 없었다
끈덕지게 달라붙어 귀를 잡아당길 사내들이 없었기에
일찍 태어난 망아지가 야생마처럼 사나워지고
여인과 처녀들의 낯빛까지 색을 잃었다

게르 안측에서 궤를 꺼내 놓은 듯
집 안이 휑하고
멀리 전선 소식은
수수께끼처럼 막막했다

집집마다 문으로
뿌린 가축의 젖[1]이 구름에 이를 정도였고
할하 강, 초원의

사구로 뿌린 젖이 비로 내리는 듯했다

허전한 베개를 베고
울며 기다리는 여인의 눈물에
귀에 걸린 단단한 귀걸이는
물속의 돌처럼 매끄러워졌다

그해 여름은 풍요로웠지만
너른 생각은 절박했다
비가 풍부했지만
심정은 우울했다

남자 없이 여자만 있었지만
조국이 있어 우리는 온전히 있었다

1 _ 젖을 뿌리는 것은 무사를 기원하기 위한 신앙적 행위

안개 속에서

안개 속에 흰빛의 말이 울고
개구리가 물가에서도 물속에서도 편치 않은 듯
젖은 펠트에서 옛 연기 냄새가 나고
소가 차가운 석인상을 비벼댄다

차가운 샘물

종일 태양이 빨아 먹어도
이가 부딪칠 만큼 차고
밤새 달이 씻어도
맑디맑은
나의 차가운 샘물
대지의 속삭임

말 앞가슴 아래서
바퀴 같은 파문이 놀라 둥글게 퍼지고
태양 조각을 모아
오아시스 쪽으로 달아난다

비가 올 때 물이 넘쳐도 놀라 튀어 오르지 않고
태양이 내리쬘 때 힘을 잃고 마르지 않는
나의 차가운 샘물
가득한 샘

옆에서 몸을 흔들어 말의
갈기털이 떨어지면 화들짝 놀라고

위에서 몸을 구부린 작나무
가지가 흔들리면 예민하게 파동 친다

민감하다 해도 너무 민감한
차가운 샘물
사나이 몸 안으로
색이 변해 흐르는
나의 차가운 샘물
대지의 속삭임

꿈의 고비

백양나무 그늘 아래 새끼 낙타가 울고
솥에 든 가축의 젖에 달이 뜬다
작은 산꼭대기로 구름이 흘러가고
꿈에 찾아오신 어머니의 모습이 생생하다

커다란 모래언덕과 하늘이 고비에 녹아 스러지고
암낙타의 하얀 코뚜레 소리가
새끼 낙타에게 와서 사라진다
동쪽 오아시스 갈대숲에 원앙이 꾸꾸 노래하고
여러 꿈속에서 늘 어머니가 찾아오신다

장님 이야기

태양이 하늘 한가운데 떠 있고
더위가 기승을 부리는
부드러운 혜를렌 강¹의
작렬하는 정오에
나는 밤이 되어 태어났다
귀와 손에
눈의 짐을 나누고
소리에 이끌려지는 고통이
요람에서 나를 기다리고 있었다
나는 행복 가운데 있는 고통
나는 빛 가운데 있는 어둠

다른 사람들보다 먼저
어머니는
소똥²을 주우러 가실 때 항상 내 손을 잡고 가셨다
아롤 냄새가 나는 가슴에 날 꼭 대시고
머리가 날리도록 쓰다듬으며
입을 맞추신다

울상을 짓기만 할 뿐 울지 않고
나 자신에게서 눈물이 나는 일이 없기 때문에
조심성 없는 어린아이처럼
"비가 떨어지나?" 하고 묻자
"그래, 우리 아들!" 하고 어머니는
내가 바보같이 구는 것을 모른 척하셨다

상념의 '구름'이 가득했던 어머니에게서
비가 내렸던 것이다
애써 감추고 있다 절로 구른 눈물이
내 얼굴에 떨어졌던 것이다
그것은 한스런 어머니의
찢어지는 마음
내 머리에 입을 맞추며 흘리신
눈물방울이었다

또래 아이들이 즐겁게 뛰어다니며
종일 부드러운 헤를렌 강가에서 논다
이쪽으로 가 하고 시끄럽게 말하며

아이들은 날 헤를렌 강 깊은 곳으로 떨어뜨리고 깔깔댄다
내가 강가로 나가려고 버둥거리면
"이쪽으로"… "저쪽으로" 하며 더 깊은 곳으로 가게 한다
숨이 멎을 정도로 자지러지게 웃는 것이 괴로워도
웃음소리에서 환한 빛을 보는 것 같았다

"얘들아 똑바로 말해 줘!
아, 난 니들이 하는 말에 따라간단 말야"

나는 행복에 싸인 고통
나는 빛에 싸인 어둠
소리 끈에 묶인
불구의 운명

---

1 _ 헨티항 산에서 발원하여 동부로 흐르는 몽골 5대 강의 하나
2 _ 땔감

새끼 뱀

"물기 있는 돌을 보면 입에 넣고
　　　　　　놀지 말아라
뱀 알이 있단다…"
　　　　아주 먼 옛날에 어떤 사람에게서…
　　　　　　　　　　　　　　—할머니의 편지

"아주 오랜 옛날에"라고
옛날이야기가 시작되지 않았을 적에
"평화롭고 행복하게 살았다"라고
옛날이야기가 끝나지 않았을 적에
아주 오랜 옛날의 전설
이 흙투성이의 가극은
멀고 먼 게르 문간에서 생겨나
운율 있는 나의 시 속으로 파고들어 왔다…
　　　　　　　　　　　　　—저자

전설의 흰 종마가
나를 향해 다가오고 있었다…

아래서 피어오르는 먼지는
구름이었다…
위로 주인 없는 안장
깔개가 날려 오고 있었다…
펄럭거리며 나는 것은
바람 때문이었다…
왼편 등자가
바위에 부딪혀 쟁그렁거리고
으스스한 전설을 낮은 소리로 말한 것은
이것이었다…

움막 안의 외침 소리
움막 주위를 도는 많은 사람들의
이리저리 돌아다니는 발걸음에
눈이 신음을 한다
혹독한 엄동설한에
바위가 울부짖는다
마을의 큰무당이 펄쩍펄쩍 춤을 추고
별이 뜬 하늘을 저주하며 외친다

무복의 많은 쇠고리들을 부딪치며 노래하고
웅얼거리며 신령을 부른다
두 생명이 떨어지지 않는 순간
세상 끝자락이 떨고
숫돌에 날을 세운 검 같은 눈은
숨어드는 '생명'을 간구하고
가까이 다가서지 못하고 떠도는 '신령들'은
문틈 사이로 집 안을 가만히 엿본다.
밖에는 '흰 악귀'가 몸을 일으켜
불을 향해 침을 뱉자 돌풍이 세차게 꼬리를 흔든다
바람에 흔들리는 불의 뜨거운 열기를 따라
임신한 여인은 아이를 낳으려고
3일 밤 별을 지나
3일 낮 구름을 지나
슬픔과 고통을 거쳐
세 개 산등성이를 지나며 진통을 했다.
나오지 않는 자식에
친척들의 마음은 불안했다
살 수 있을까

길운의 점괘가 길을 잃었다

흔들어 던질 때마다

푸른 점괘가 나왔다…

"아, 어쩌나…" 하는

노인들의 탄식 소리가 불 주위를 에워싼다

"젖에 초유가 도는데

뱃속의 애가 커지지 않은 건

이상한 일이야…" 하고

사람들은 의아해하며 움막 주위를 맴돈다

마을의 큰무당이 펄쩍펄쩍 춤을 추고

흩어져 있는 바위가 부서지도록 굿을 하며

은하수가 기울어지도록 신령을 부르다가

기진해 정신을 잃고 쓰려졌다

잿빛 저녁이 밤으로 이어지고

노망난 개가 공연히 짖어 대고

불길한 예감이 끈에 휘감길 때

털이 뭉쳐진 야생 영양 가죽 위에 어미는 자식을 낳았다

잠시 휴식을 취한 마음의 호흡이

두려움의 그늘에 막히고
바랐던 기쁨의 결말은
갈색 얼룩 뱀으로 끝이 났다
기다렸던 모든 이의 눈은
이마 위로 치켜 올라가고
힘들게 산고를 치렀던 어미는
막 자식을 낳고 정신을 잃었다
뜨거운 자궁에서 떨어져 나온
검은 얼룩 뱀이 가죽 깔개 위에서 똬리를 틀고
흘러나오는 뜨거운 피의 앙금에
바늘귀가 막힌 바늘처럼 머리를 담근다
젖을 원하듯 혀를 날름대며
흐릿하게 흔들리는 것마다 응시하며 이러저리 몸을 흔든다
자식이 생긴다며 기다림을 참지 못했던
보이지 않는 불길한 위압감에 눌린 아비는
"하늘이 자식을 준다고 했는데
수신水神이 내게 뱀을 주었구나
젊은 산양을 산에서 먼 곳까지 쫓아 사냥해
따뜻한 온기를 생각하며 준비한 요람은 어떡하나…

사내아이가 태어날 거라고 남몰래 상서롭게 여기며
세 강물에 담금질해 말린 검은 어떻게 하나
붉은 고기 먹을거리를 줄이고
살아 있는 동물을 향해 활을 당기지 않고 기다렸는데
이를 어찌하나
차디찬 돌을 베고 육신을 땅에 누일 때
내 아들이 고개를 숙이고 남아 있겠지 하고 믿었는데
이를 어쩐단 말인가?" 하고
남자는 잘 흘리지 않는 눈물을
가슴 섶이 얼어붙을 때까지 흘리며
세상 저 먼 곳을 바라보던 발뒤꿈치에
몸을 웅크리고 웅크려 무릎을 꿇었다…
세상에 태어난 '얼룩무늬 새끼'가
독이 있는지 없는지도 모른다…
멀리 쫓아 버려야 해,라고 해도
숨어들면서 움직여 주지 않는다…
산모는 한 번 정신이 들어서는
"이건 내 업이야…"라며
새끼를 낳느라 마르고 쇠약해진 육신에서

눈물을 뚝뚝 떨구며
"가슴을 누르는 젖을 가볍게 하고
흰 젖을 맛보게 해야지
근질거리며
배에서 움직이는
탱탱한 젖이
욱신욱신
아파 오는구나
내 새끼야, 내 새끼야,
불의 열기를 따라
복막 너머에서
떨어졌구나…" 하고
안장 밑 깔개 위에 붉은 초유를 짜서
그 머리 가까이 가져다 놓자
차디찬 새끼는 몇 번 빨아 먹고는
창촉 같은 머리를 흔들흔들 쳐든다

마을의 큰무당이 펄쩍펄쩍 춤을 추고
가까이 닥친 부정을 쫓으며 굿을 한다

혼탁해진 터를 정화하고 외치며
신을 불러 복을 기원했다
재앙이 닥쳤습니다
액이 가까이 이르렀습니다
어미가 쏟아 놓은 것에 검은 갈색 얼룩의 것이 떨어져
고조 증조의 혼령이 진노했습니다
죄 많은 저들을 돌아보지 마시고
재 위에 힘껏 던져
재난의 문을 죄된 자로 막고
불의 신을 구해 내
태양이 붉게 떠오르기 전
불이 서서히 붙어 타오르기 전
깊은 잠의 안개 가운데로
운행하시기 바라나이다…라고 고했다…
귀 기울여 말뜻을 알아들었는지
얼룩 반점 새끼는 어미 다리를 칭칭 감는다
시끄러운 소리가 날 때마다
더욱 세차게 조인다
연민의 마음이 한층 더해져

어미는 본능의 끈으로 새끼를 마음에 단단히 끌어당긴다

남편은 아무리 불러도 귀머거리가 된 듯

큰무당을 따라 집을 떠났다

꿈에도 생각지 못한 이별의 검을

가슴에 내리꽂고

저주의 물결 같은 이동은

방향을 의지해 발걸음을 이끌고

김이 피어오르던

집을 비우고

산등성이 산등성이를

넘어 갔다

연기가 피어오르는

움막 한 채가

산협에

오롯이 드러났다

자애로움이 깃든

한번 돌아볼 눈물 고인 눈도 없이

먼 이동은 '재앙'을 피해

쏜살처럼 빠르게 움직여 갔다

가축이 다니는 길 아닌 곳에
희디흰 함박눈이
내리는 것을 좋아한다는 것이
날마다 뿌연 눈보라가 내린다
삶이라는 '눈의'
눈썹 밖에 버려지고
살아가는 수명의
수레 끝에 버려진 그들을
어둠이 에워싸고
저주가 에워싼다
어쩔 도리 없는 덫이 에워싼다
외로움의 공포가 에워싼다

잠들어 있는 짐승 같은 고요가
울부짖을 때
삼킬 듯한 위협…
산속의 적막함
두려움의 공포
응시하는 듯한 불안

해와 달이 서로를 쫓고
빛과 어둠이 서로를 물어뜯는다
새끼−뱀은
하루거리 산등성이를
몸을 웅크렸다 미끄러지듯 넘고
어미−인간은
기었다 일어났다 하며
힘겹게 하루를 넘는다
한 뼘보다 좀 큰 새끼를 낳았지만
출산으로 어미 몸은 약해지고
요람과 자장가가 필요치 않은
상서롭지 못한 '자식'은 제멋대로
어미는 똬리를 틀고 누워 있는 '새끼' 뱀을 보고
'복막 너머에서 떨어진
얼룩무늬 내 새끼가
불에 들어갈지도 몰라' 하고 두려워한다
자고 있는 듯
한참 동안 똬리를 틀고 있을 때
입속으로 자장가를 흥얼거려

두려움을 쫓으며 비틀거린다

초유를 짜서

입 가까이 가져다 놓고

업보의 어두운 틈새에서

또 말을 걸어 본다

새끼 뱀은

몸을 이리저리 쳐들다 아무렇지도 않은 듯 젖을 먹어 치운다

어디에 있는지 알 수 없게 되면

새끼를 생각했던 마음은 휑해져

그리움에 앞뒤를 샅샅이 살피고

가죽을 이리저리 들척이며 새끼를 찾는다

날마다 뱀은 커 가고

'벌레'를 돌보며 어미는 기운을 잃어 갔다

턱과 머리 같은

천지간에

어미와 새끼라는

두 '힘겨운' 것을

목구멍을 넘어가는 '음식'이 잊고

멀리 떠난 '이동민'들이 잊었다

흔들리며 밝게 타는 불이 잊고
포위되어 돌던 늑대조차 잊었다
운명의 가혹함에
어미는 더욱 기진맥진해져
차가운 손바닥을 베고
자리에 들어 몸을 웅크렸다
젖이 마르고
발부터 굳어져 갔다
땔 소똥에 발길이 이르지 않자
불의 신이 지치고
삼킬 물에 손길이 닿지 않자
'수명의 신'이 쓰러진다
신령들이 줄어든 곳에
귀신이 춤추게 하라고
울부짖는 눈보라가
지겹도록 귓전을 울려 댄다
생명의 끝자락에 매달린
단 하나의 검은 점이
풀려 펄럭이며

영원의 웃음을 보낸다
"육신의 힘이 다할 때까지
난 이 자식을 먹여 길렀어…
다른 세계 새끼라 해도
내 따스한 젖을 주었지
주었어… 주었어 그래도
색깔은 희어지지 않았지
삶은 네 속에
이런 황무지로구나…
운이 없다, 운이 없다 해도
이런 운명이 다 있구나…
숨어서 울어도 다하지 않는
눈물이 있었다… 그러나 이제 없다
어느 곳에도 속하지 않는
사람이 있었다… 그러나 이제 없다며
세상이 개벽하도록 어미는 처절하게 외쳤지만
홀로 외론 운명은 다른 자식을 더 갖지 못했다
남편과 함께할 운을 잃고
어미 될 복을 잃었다

새끼 얼룩 뱀은

숨이 얼어붙을 듯한 추위를 피해

어미 입으로 기어들어 몸을 따스이 녹인다

가져다 동댕이치면 분을 낸다

마른 젖을 하릴없이 더듬거리면

그 거친 성질이 부드러워진다

내게서 나온 거야 하고

바라보고 있다가 말라서가 아니라며

제 손가락을 잘라 피를 내어 준다…

혼까지 놀라게 한 새끼는

피와 젖을 가리지 않고 빨아 댄다

배가 고플수록 눈이 예리해지고

앞에서 구멍이 뚫어질 정도로 뜨겁게 응시한다

움직일 때마다 따라다니며

시위를 진동시키는 화살처럼 혀를 날름거린다

'내 고통을 아는 것 같네'

대화를 하는 듯한 생각이 스치자 어미는 기뻐한다

해가 솟고 평화롭고 화사한

생애 예감을 잃어버린 아침

전설의 굶주린 뱀

한 입의 먹을거리도 없이 주린 뱀

염라대왕의 사자와 베개를 나누어 베고 밤을 지낸

어미 발에서 잠이 든 '새끼'는

웅크렸던 몸을 성질나는 대로 길게 쭉 뻗고

자다가 잠이 덜 깬 세상을 낯설어하며

붉게 달구어진 놋쇠 같은 눈으로 찌르고

마지막 먹이에 주둥이를 대

어미의 발을 삼키기 시작했다

잦아드는 생명이 돌아오듯

따뜻하게 어미의 발이 데워졌다

희미하게 정신이 든 어미는

'난 자식을 가진 사람이야'라고 생각했다

굶주림에 뱀은 몸을 감고

허리까지 어미를 삼켰다

잠시 정신이 들어

배가 따스한 것을 느끼자

"키워 주었더니

나이가 들어 발을 덮어 주는구나
길운이 베어지고 태어난
검은 얼룩 새끼야" 하고 입속으로 속삭이며
자신에게 깃들어 있던 마지막 즙과
한쪽 젖에서 나온 하얀 젖을
쇠 같은 머리 위에 떨어뜨려 주자
곧바로 산화되고…
마지막 큰 평안을 삼켰다
한창 젊은 나이의 기억인
검디검게 땋은 머리가 뱀의 입가에 늘어져 매달려 있었다

전설의 흰 종마가
나를 향해 다가오고 있었다…
아래서 피어오른 먼지는
구름이었다…
위에서 주인 없는 안장
깔개가 날려 오고 있었다…
펄럭이며 나는 것은
바람 때문이었다…

왼편 등자가
바위에 부딪혀 쟁그렁거리고
으스스한 전설을 낮은 소리로 말한 것은
이것이었다…

기사년 정월 20일, 뱀날 끝냄…

어머니 초원 위에 쓴 바람과 태양, 달, 서정의 하모니

이안나

어느 해 늦여름 알타이 산맥을 넘으며 몽골 서부 지역을 돌아다녔다. 수천 미터 알타이 고산지대에는 아직 여름인데도 눈이 내리고, 아침에 일어나면 개울가에 살얼음이 얼어 있기도 했다. 밤에는 너무 추워 덜덜 떨며 잠을 설친 적도 여러 번 있었다. 드문드문 떨어져 있는 만년설들은 백발의 노현자들이 눈을 감고 깊은 명상에 침잠해 있는 모습 같다. 그곳에 사는 여러 종족들은 서로 다른 신령한 산을 신앙하며 아침, 저녁으로 가축의 젖이나 차를 뿌려 올려 산천신에게 삶을 지켜 줄 것을 기원한다. 산을 내려와 초원을 달리다 보면 말에 조그만 아이를 얹혀 태우고 가는 모습이 눈에 띄기도 한다. 가을의 문턱에 이른 때라 해가 빨리 떨어지기 때문에 서둘러 차를 달려도 종종 초원에서 달을 보게 된다. 바짝 말라서 작은 미풍에도 몸을 가누지 못하는 키가 큰 풀들 사이로 멀리 보이는 하얀 게르 한 채, 그 위로 하얀 달이 떠오른 드넓은 초원의 풍경은 마치 한 폭의 영원의 그림처럼 보였다. 조금 더 가다 보면 그 하얀 달이 초원에 내려와 잠을 자는 듯도 싶었다. 바오긴 락그와수렌이 18세에 발표한 처녀시 〈가을 달〉은 이렇게 대지에 내려와 밤을 지내는 가을 달의 모습을 생동감 있게 묘사한다.

> 흰 서릿발이 내리고 차가운 바람 부는 밤
> 달이 대지를 비추며 여기저기서 밤을 지냈다
> 건초 더미 옆에 고인
> 갑자기 퍼부은 빗물 고인 웅덩이에서 밤을 지냈다
> 누런색이 밴 흰 게르 안측으로
> 쑥 들어와 이리저리 배회하며 밤을 지냈다
> 세 번 찬물을 부어 증류한 순도 높은 소주 냄새에 비틀거리며
> 서른세 개 오아시스에 크게 취해 밤을 지냈다
>   –〈가을 달〉 전문

보통 몽골을 초원의 나라라고 말하지만, 초원뿐 아니라 울창한 수림, 해발 4천 미터 이상의 고산, 고원, 끝없는 사막, 사구 등 다양한 자연이 어우러져 하나의 어머니 대지를 이룬다. 이 자연 속에 부는 '건조하고 시원한 바람'은 몽골인의 정서를 이루는 중요한 요인이 되기도 한다. 바람은 몽골의 건조성 다시 말해 끈적거림이 없는 몽골인의 성정과 이동성의 근원이란 생각을 종종 한다. 시인이 한국에 와서 "온몸에 스며드는 몽골의 바람 없이 난 살아갈 수 없다"고 노래한 것은 바로 바람의 향수가 몽골인들에

게 얼마나 소중한 것인지를 말해 준다.

몽골인들이 자연의 품에서 삶을 영위하는 방식은 그 자체가 문학이요, 예술이요, 몽골의 문화라 해도 과언이 아니다. 그렇기 때문에 전통시든 현대 자유시든 자연에서 소재를 얻고, 자연의 순리로 삶의 정리情理를 표백하고 형상화하는 것은 몽골인들에게 매우 자연스러운 일이다.

몽골 전통시에 자연과 조국, 어머니가 중심을 이루었던 것은, 19세기 말에서 20세기 초까지 이어졌던 만주 지배와 1900년대 러시아 사회주의 체제 속에서 민족적 서정이 숨을 쉬지 못한 데 대한 반동으로 표출된 조국애의 발로라는 사회적 요인도 있지만, 그보다 더 근원적으로 유목이라는 몽골인들의 생활 방식과 밀접한 관련을 갖는다. 유목은 가축의 먹이인 풀을 쫓아 계절에 따라 이동하는 생활 방식으로, 이러한 이동 생활은 매우 자연 친화적인 정서를 갖게 한다. 몽골인들은 이동을 즐겨 하고, 움직이면서 보고 듣는 경험을 존중한다. 이동을 가능케 하는 초원은 열린 공간으로 인간의 정서를 무애無碍하게 하고, 자연에 대한 감수성을 증폭시켜 준다. 또 드문드문 살아가는 독립된 생활 속에서 어머니의 존재는 자연의 품 안과 동일시되고, 존재의 근원적인 터전이요, 삶의 이유로 체화된다. 그래서 몽골인들은 조국의 땅을 어머니로 상징화시키며, 또 국토의 모양이 어머니의 델을 펼쳐 놓은 것 같다는 표현을 쓰기도 한다.

이러한 서정시 전통은 1930년대 '데. 나착도르지', 1960년대 '야보홀랑'에 이어 1980년대 '바오긴 락그와수렌'으로 이어진다. 그들의 삶에 대한 긍정적 성찰과 자기 정체성은 자신이 살고 있는 땅과 하늘에 대한 겸허함, 어머니에 대한 사랑으로 표출되고, 이것은 곧 조국애로 확대된다. 그러나 시인 바오긴 락그와수렌의 시는 이전 시대의 시보다 서정이 상당히 자아화되고 비판적이며, 개성적인 목소리를 강하게 드러내는 특징을 갖는다. 그러면서도 참신하고 섬세한 비유와 자신만의 독특한 시어, 민족의 정서가 호흡하는 소재와 운율을 사용하여 독자들에게 큰 감동과 충격을 주었다.

그는 1962년부터 작품 활동을 시작했지만, 처녀 시집인《서정의 궤도》는 20년이 지난 1982년에 출간되었다. 이렇게 시집을 내는 시간 간격이 길었던 것은 그가 창작을 게을리해서가 아니라 사회주의 사회라는 시대적 상황에 기인한다. 그는 이 시집에 대해 "그 당시 내가 쓴 시들은 발표되지 않고, 검열을 받았다. 이 시집은 내 피가 뜨겁게 뛸 때 썼던 시들이다. 20여 년 동안 시집을 내지 못하고 지냈다. 아내가 나를 믿음을 가지고 지켜봐 주었기 때문에 이 모든 시간들을 극복할 수 있었다."라고 했다. 다시 10년이 되는 1991년에《이중주》, 또 10년 뒤인 2000년에《쓴 풀》을 발표한다. 이렇게 시간의 간격을 두고 시집을 냈지만 그는 시가 삶의 중심이라 할 정도로 글을 썼다. 그는 무릎관절을 해칠 정도로 쪼그리고 앉아 창작에 매진했던 사람이요, 그의 말대로 창작이 '감옥'이 될 정도로 치열하게 글을 쓴 시인이다. 그는 그런 치열함은 시인으로서 당연한 의무라고 말한다.

그의 시세계에서 어머니의 존재는 자연 그 자체이자 생명의 원천, 시적 감수성의 원초적 실마리라 할 수 있다. 그는 생명의 젖줄을 "모든 어머니의 가슴에서 흐르기 시작한 풍부한 젖의 강, 자식을 따라 흐른 인연의 희디흰 강, 어머니의 강"이라고 노래한다. 〈서정의 궤도〉는 자연과 인간을 하나의 유기체로 연결하여 모성과 태양, 하늘을 향해 열린 게르를 직조하여 아이의 생명력과 성장을 놀랍도록 투명하게 보여 주는 작품이다. 1, 2연에서는 하늘로 입을 벌린 천창을 통해 햇빛이 쏟아져 들어오는 가운데 어머니가 태양 방향으로 실을 돌려 가며 남편의 옷을 짓는다. 햇빛은 게르 안의 삶을 영위하게 하는 힘이요, 자연과 인간을 연결하는 탯줄이다. 태양은 게르 안을 돌면서 한 우주를 이룬다. 몽골인들은 태양이 도는 방향, 즉 시계 방향을 '일을 이루는 성취'의 방향, 순리의 방향으로 이해한다. 그래서 어머니는 비단실을 태양 방향으로 돌려 땀을 뜨며 복을 기원한다. 그러는 사이 아이는 게르를 기어 나가 걸음마를 시작한다. 아이는 게르를 태양 방향으로 돌아 남쪽 문에 이른다. 태양의 순환과 아기가 게르를 도는 것은 어머니의 가슴에서 도는 젖의 메타포이기도 하다. 이렇게 아이가 게르의 끈을 잡고 엄마의 목소리를 들으며 둥글게 돈 생애 첫 번째 걸음마의 족적은 해와 달의 궤도, 어머니의 젖과 모성으로 연결된 서정의 궤도이다. 이 한 편의 시 속에 몽골인의 삶과 인생관, 자연관이 온전히 녹아들어 그 자체로 하나의 빛나는 작은 우주를 이룬다.

몽골에서는 아이가 자주 유산되거나 자식이 일찍 죽게 되면 새로 태어나는 아이의 성별을 상징적으로 바꾸거나, 아이 이름을

'이것아님(엔비쉬)', '저것아님(테르비쉬)', '나아님(비비쉬)', '사람아님(훈비쉬)', '누렁이(샤르노허이)' 등 별다르게 짓는 풍속이 있다. 〈윈섶 델〉에는 그와 같은 풍속이 잘 묘사되어 있다.

락그와수렌은 위로 두 누나가 있었지만 어린 나이에 일찍 죽고, 늦둥이로 태어나 외아들로 자란다. 이미 두 딸을 잃었기 때문에 세 번째로 태어난 아들의 성별을 바꾸어 여자아이처럼 델의 섶을 왼쪽으로 만들고, 사람의 옷이 아닌 것처럼 단을 박음질하지 않은 옷을 해 입힌다. 아이를 앗아 가는 보이지 않는 삿된 기운을 속이기 위해 사랑스런 아이에게 귀엽다고 말하지 않고, 예쁘다 하면 악귀가 앗아 갈까 입맞춤도 하지 않는다. 시인은 어려서 그런 어머니의 사랑이 없었다면 자신도 죽었을지도 모른다고 하여, 자신의 생명의 축을 어머니의 사랑으로 치환한다. 락그와수렌은 학교에 입학하기 전 여덟 살까지 윈섶 델을 입고, 머리를 길게 땋고 다녔다고 한다.

시인은 시를 쓰는 이유가 어머니 때문이라고 말한다. "나는 어머니를 위해 노래와 시를 짓기 때문에 규모가 큰 장편시나 가극, 연극 작품을 쓰지 않았다."라고 고백했다. 물론 나중에 가극이나 장편시를 썼지만, 그가 시와 노래 가사를 썼던 동기는 바로 어머니에 대한 자신의 마음을 표현하고 싶었던 데서 비롯된다. 특히 시인의 어머니는 하루 이틀 일어났다가 다시 자리에 누워야 할 정도로 건강이 좋지 않았다. 그래서 그는 어린 시절 항상 아파서 자리보전을 하고 계셨던 어머니를 걱정하며 지낸다.

편찮으신 어머니의 창백한 베개 옆에서

밤낮을 연민의 끈에 묶여

그 많은 놀이를 거절하고

자신을 다스릴 수 있었기에

내게는 어린 시절이 없었습니다

— 〈내게는 어린 시절이 없었습니다〉 부분

밤낮 어머니의 병상을 지켰지만 결국 어머니는 시인의 마음에 영원한 사랑, 영원한 고향으로 각인된 채, 마흔넷의 나이로 세상을 떠난다. 〈꽃 묵주〉에서 시인은 어머니에 대한 그리움을 꽃을 따고 바치는 행위 속에 절절히 용해시킨다.

당신에게 꽃을 깔아 드리려 하니

한여름 꽃은 말할 것도 없고

백 년의 꽃으로도 자라지 않습니다

— 〈꽃 묵주〉 부분

꽃은 어머니에 대한 그리움과 사랑의 상관물로 백 년 동안 피는 꽃으로도 원하는 만큼의 꽃을 따지 못한다고 말한다. 이것은 꽃이 아무리 많아도 부족할 수밖에 없는 바닥없는 그리움, 사랑을 역설적으로 드러낸다. 그러나 돌아감과 돌아옴의 입체적 순환이 세상의 순리이기에 어머니의 돌아감은 세상 만물이 생성되는 생명의 힘으로 돌아온다.

수천 개 뿌리 끝 마디마디에 스며들어

떠오르는 태양을 향해 자란다고 안심했습니다

평화로운 새벽 흠 없이 하얀 새벽별이 있어

시작되는 모든 것의 선봉에서 빛난다고 마음을 놓았습니다

  —〈꽃 묵주〉부분

이렇게 어머니는 하늘에서 땅에서 다시 만물로 소생하는 생명의 원천으로 우주와 자연에 흡수된다. 그가 어머니를 위해 쓰기로 마음먹고 처음 쓴 시가 〈엄마와 함께 본 그해 나담 축제〉이다. 나담은 민속 축제로 말 경주, 씨름, 활쏘기 경기가 벌어지는 스포츠 축제이다. 시인이 초등학교 2학년 때 엄마와 보았던 이 나담은 일생 동안 마음에서 떠나지 않았던 행복의 축제였다. 아마도 몸이 불편했던 어머니와 자주 나들이를 할 수 없었기에, 이 축제가 어머니와 함께했던 영원한 행복의 시간으로 각인되었던 것 같다. 이 시에서 경주가 끝나자마자 어린 경주마가 그 어미를 찾는 모습은 바로 시인 자신의 자화상이기도 하다.

시인의 말을 빌리면 그가 어렸을 때 장님 외삼촌과 함께 살았는데, 그는 서른세 살에 죽었다고 한다. 그 외삼촌을 소재로 쓴 시가 〈장님 이야기〉이다. 이 시는 1인칭 화자를 등장시켜 마치 시인 자신의 이야기처럼 서술하고 있다. 특히 마음의 비로 표현된 어머니의 애절한 눈물은 시인이 느끼는 모성의 결정체라 할 수 있다. 이러한 모성에 대한 이해는 인간을 넘어 새로 확장된다. 〈새는 깃으로 운다〉에서 시인은 깃이 자란 새끼가 스스로 바위에

부딪치며 날기 연습을 할 때 그 어미의 애달픈 마음을 가슴의 털을 뽑고 깃을 치며 우는 모습으로 형상화한다. 몽골인들에게 찬탄과 놀라움을 금치 못하게 했던 〈새끼 뱀〉에서는 마지막 남은 육신과 마음을 하나도 남김없이 온전히 내주는 인간과 동물계를 뛰어넘는 모성의 극한을 보여 준다.

몽골 초원의 어머니들은 도회지나 타지에 자식을 보내고 늘 자식의 안위를 걱정하는데, 혹 자식에게 무슨 일이 생기면 때로 젖이 찌르르 아파 오기도 한다고 말한다. 어머니의 젖이 외지에 있는 다 큰 자식에게까지 연결되어 있는 것이다. 자식과 떨어져 있는 어머니는 늘 기다림의 끈으로 마음을 묶는다. 몽골에서도 한국처럼 까치가 울면 반가운 손님이 온다고 여기는 습속이 있다. 〈까치〉에서는 까치가 울어도 아들이 오지 않는 서운함을 "사람이 오려고 하면 크게 울면서/ 아들이 오는 것엔 아무 말도 없고…"라고 표현한다. 기다림은 일종의 마음의 병처럼 어머니를 늘 밖에 나와 서서 먼 곳을 바라보게 한다.

*

몽골 시 가운데 조국을 주제로 한 시들은 민족적 정체성과 주권 회복이라는 민족주의에 뿌리를 둔 경향을 띤다. 또한 이러한 의식들이 대개 집단적 대표성을 띤다면 바오긴 락그와수렌의 자연과 조국에 대한 시는 다분히 개인화되고 서정화되어 있는 특징을 지닌다. 〈보르즈긴 갈색 평원〉의 초원은 한 인간의 성장 노정을 활동사진처럼 보여 준다. 시적 화자인 나는 향기로운 허브 향이 은은히 감도는 초원, 가도 가도 끝이 없어 보름달이 자고 가는 초원에서 태어나, 초원으로부터 삶을 살아갈 수 있는 근기, 용기, 순수, 의지를 부여받고 성장하며, 다시 초원의 심장 속으로 스며들어 초원의 일부가 된다. 이처럼 초원은 어머니의 자궁이요, 어머니의 다른 이름이다. 나만이 아닌 모든 자연물을 위무하는 온유의 원천이며 생명의 역사를 순환시키는 열린 가슴이기도 하다.

> 새끼가 죽은, 어미 낙타의
> 뒷발굽이 갈라지도록 뚝뚝 떨어지는 핏빛 닮은
> 젖을 삼켜 어미의 고통을 함께 나누며
> 탱탱히 불은 젖에 휴식을 주던 너
> 선조의 시신, 떨어진 하늘의 별똥별을
> 세상 중심과 하나로 연결시켰던 너
> ─〈보르즈긴 갈색 평원〉 부분

초원은 물질적 삶의 터전이기도 하지만 정신적 교훈을 주는 살아 있는 생명의 학교이기도 하다. 지상의 대지, 초원 위에 내가 있다면, 하늘에는 별이 있다. 몽골인들은 사람들마다 각자 자신의 별이 있다고 여긴다. 내가 이 세상에 살 때 내 별은 하늘에서 산다. 내가 죽어 영혼이 하늘로 올라가면 내 별은 지상에 내려와 대지에 스민다. 그렇게 지상의 별인 나는 천상의 별과 연결되어 있고, 죽으면 서로 돌며 그 자리를 바꾼다. 초원은 내 별을 받아들이는 어머니 품이요, 별의 무덤이다. 그래서 시인은 〈묘지〉에서 "사라지는 이유를 별들로 둘러대도/ 생성하는 근원은 풀줄기로 나온다"고 말한다. 죽음의 원인은 별과 관련이 있고, 새로운 생명은 그 별이 떨어진 대지에서 풀로 다시 소생한다. 자연과 천체, 생명이 유기적으로 연결되어 있다는 인식은 단순히 시적인 상상이 아니라 몽골인들의 보편적인 생명관이다. 산은 그저 객관적인 대상으로서의 산이 아니라, 조상이 묻힌 곳이요, 조상신이 거하는 곳이요, 조상신의 몸이다. 몽골 전역에서는 사람이 산으로 변했다는 전설이 적지 않게 전한다. 그래서 시인은 "내 고향의 산은 눈이 있고, 귀가 있고, 뜨거운 생명이 있다⋯"고 하며 시에 대해 산과 대화를 나누기도 한다. 인간은 죽어 산만 되는 것이 아니라 대지에 분해되어 흙이 되고 물이 된다. 〈우리〉에서는 너와 내가 산이 되고, 물이 되자고 한다. 비가 되어 초원 위에 쏟아진 물은 땅속에 스며들어 샘이 되고, 어떤 작은 미동에도 흔들리는 민감한 샘물은 시적 화자의 몸에 들어가 작은 것에도 아파하는 민감한 성격을 만든다.

민감하다 해도 너무 민감한

차가운 샘물

사나이 몸 안으로

색이 변해 흐르는

나의 차가운 샘물

대지의 속삭임

   ─〈차가운 샘물〉 부분

자연과 대화하고, 자연을 마시고, 자연을 숨 쉬는 몽골인. 또 아이들은 가축과 함께 뛰놀며 동물과 동화되어 성장한다. 몽골인들은 어릴 때 아이에게 말이나 양 등 가축을 지정해 주는 습속이 있다. 그런데 시인의 아버지는 늦게 얻은 아들에게 가축이 아니라 '푸른 영원의 산'을 '아들의 산'으로 정해 준다. '푸른 산'은 위용 있게 솟은 신령한 산을 말하는 것으로, 푸르름은 곧 영원으로 통한다. 칭기즈칸이 신앙했던 '영원한 푸른 하늘'처럼 아들을 위해 정해 준 산은 '영원한 푸른 산'이다. 그 산은 아들을 지켜 주는 산이요, 아들이 바라보며 닮아 가는 산이다.

이렇게 존재의 근원이 자연이요, 조국의 땅이기에 남이 넘볼 수 없는 것은 마땅한 일이다. 그래서 초원의 돌들은 투구가 되고, 풀들은 활이 되어 자신의 땅을 지킨다. 몽골인들은 중국인에 대해 뿌리 깊은 반감을 갖고 있는데, 〈국경에서 쓴 시〉는 소중하고 아름다운 조국을 함부로 넘보는 것을 절대 용납하지 않는 시인의 단호한 의지를 직설적으로 드러낸다.

> 조국을 내어 주느니 차라리 죽는 게 낫다고 피가 끓었다
>
> (중략)
>
> 내 조국을 향해 드리운
>
> 탐욕의 눈을 가져가라!

조상이 자신의 뼈에 받쳐 세운

높은 내 나라를 탐내는 것은

당신네 운명으로 가당치 않다

ㅡ〈국경에서 쓴 시〉 부분

〈남자들이 없던 여름〉은 1939년 몽골 동북부 할하 강에서 벌어졌던 일본과 몽·러 연합군의 전투가 배경이다. 남자들이 모두 나라를 지키기 위해 동부로 간 뒤의 텅 빈 마을 분위기가 묘사되어 있다. 몽골에는 기원 혹은 축원을 할 때 가축의 젖을 뿌려 올리는 신앙 습속이 있다. 이 시에서도 전쟁에서 승리해 남자들이 무사히 돌아올 것을 기원하며, 집집마다 가축 젖을 뿌려 올린다. 그 젖은 "구름에 이를 정도"였고, "모래언덕을 향해 뿌린 젖은 비가 내리는 것처럼 보일 정도"였다고 묘사한다.

조국에 대한 애착이 강한 시인은 타국인 한국에 와서도 고향이 없으면 살지 못한다고 외치는 '고향 바보'이다. "타지에서 자신의 털도 떨어뜨리지 못하는 향수에 가슴이 멍울지는" 말의 향수, 결국 다리를 묶었던 고리 세 개를 남기고 자유로이 달려가는 말의 귀소성. 마찬가지로 시인은 고향을 그리며 귀소를 꿈꾼다.

노래를 부를 때

그 메아리를 놓쳐 버리는 드넓은 초원

힘차게 잡아당기듯 천창 덮개를 당겨 열면

태양이 천창으로 쏟아져 들어오는

푸른 하늘이 가까운 나라 사람이기에

(중략)

진실로 난 고향 꿈 없이 단 하루도 지내지 못했다…

온몸에 스며드는 몽골의 바람 없이

난 살아갈 수 없다…

ㅡ〈고향 생각〉 부분

나 자신을

나는 영혼과 함께

몽골에 두고 떠나갈 것입니다

ㅡ〈얻고 떠나는 시〉 부분

많은 생명체의 종류 가운데 인간의 모습으로 지구, 몽골, 부모를
얻어 태어나고, 아내와 자식, 자신의 일을 얻어 태어나지만 결국
오욕칠정, 모든 것을 두고 떠나는 것이 세상의 순리일 수밖에 없
다. 그러나 시인은 모든 것을 두고 떠나는 것처럼 자신을 영혼과
함께 몽골에 두고 떠나갈 것이라며 몽골 초원에 대한 강렬한 애
정으로 영혼의 시상을 모은다.

시인 바오긴 락그와수렌 시의 화자는 자연과 어머니를 노래할
때 섬세하고 투명한 감수성을 갖지만, 비판적인 시에서는 〈국경
에서 쓴 시〉에서 보여 준 것처럼 그 어조가 매우 단호하고 남성
적이다. 부귀빈천에 차별을 두는 인간 삶, 동정심이 사라진 세태,
거짓이 진실의 자리를 대신하는 현실 등 사회의 음지를 조명해

독침을 쏘듯 일갈을 서슴지 않는다. 또한 동물들의 생존 투쟁을 목격하면서 존재의 생명 법칙과 연민을 보여 준다. 〈늑대〉에서는 하얀 눈과 붉은 피의 극명한 대조, 죽은 말 뼈다귀에서 시작돼 말을 뜯어 먹은 늑대의 뼈다귀에서 끝나는 둥근 발자국은 삶과 죽음의 순환적 고리를 이룬다. 죽음과 삶, 어둠과 빛이 공존하는 세상, 그것을 관조하면 "끝은 시작점에 겹치고…죽은 사람에 살아 있는 생명이 겹친다."

> 죽고 산 모든 것을
> 발자국은 염주같이 연결한다
>
> 이 염주로
> 자비의 보살이 다라니경을 외신다
> ―〈늑대〉부분

이처럼 치열한 생존의 사투가 어쩌면 생명을 가진 존재의 비극적 부조리요, 생명의 법칙인지도 모른다. 자신의 생명을 유지하기 위해 서로의 마지막 숨을 앗으려고 싸우는 싸움터에 "죽은 놈의 눈을 파먹으려고 까마귀가 그 위를 맴도는" 실존 상황을 연민 어린 시선으로 바라본다. 또한 〈다람쥐〉에서는 죽음의 위협 앞에서, 생명을 영위해야만 하는 존재의 한계상황을 잘 보여 준다.

> 총을 겨누고 있는데

다람쥐가 고개를 숙이고 있다
피할 수 없는 상황에 몰려
살려 달라 애걸하고 있는 것이 아니다
총알에 맞는 그 순간까지
잣을 깨고 있는 것이다
　－〈다람쥐〉 부분

그러나 죽고 죽임, 행과 불행, 빛과 어둠 등 상대적인 것은 그 자체에 반대적인 것을 내포하고 있으며 전체를 이룬다. 이러한 삶의 이치를 시인은 여러 시에서 철학적인 어조로 표백한다.

가을 새들의 울음소리에서
아파하는 행복을 들었네…
(중략)
높은 산등성이에서
인내하는 고통을 보았네
　－〈이중주〉 부분

순환하는 큰 고통의 틈새에
행복이 있다고 난 믿는다
내 순진한 믿음은
비 온 뒤에 무지개가 뜨기 때문인지 모른다
어둠 뒤에 빛이 밝아 오기 때문인지 모른다

－〈순진한 믿음〉 부분

우리는 자연현상을 통해 삶의 이치, 자연의 순리를 배운다. 바오 긴 락그와수렌은 차별적으로 보이는 모든 존재 현상은 궁극에 가서 해체되고, 존재의 본질인 공空으로 환원된다고 믿는다. 그 래서 그는 "죽어 운명이 평등해질 때/ *(중략)* / 있고 없음을 느끼 는/ 짐승이 있다면 구더기가 있을 뿐"이라고 말한다.

*

그의 시에는 말이 자주 등장한다. 말이 없는 몽골인의 삶은 생 각할 수 없다. 말 등에서 태어나고 말 등에서 자라고 말 등에서 죽는다고 할 정도로 말은 몽골 남성의 벗이자 반려이다. '정기', '운기'를 의미하는 몽골어 '히모리хийморь'는 '기氣'와 '말'의 합 성어로, 이 단어는 남자에게만 사용한다. '말'은 남성의 힘, 행운 과 밀접한 관련이 있음을 의미한다. 말을 타고 달리면 남자의 정 기가 새로이 회복된다고 말하고, 말 경주에서 날린 먼지를 쐬면 좋은 운을 부른다고 믿는다. 특히 경주마가 죽으면 그 머리를 하 닥이라는 의례에 사용되는 길고 얇은 천에 싸서 집 안에 보관하 거나 높은 산 오보(신앙적 돌무지)에 올려놓기도 한다. 〈비가〉에서 는 한 몸처럼 지내던 두 마리 말 가운데 한 마리가 죽어 그 머리 가 오보에 올려지고, 살아 있는 말이 그 앞을 지나가게 되는 모 습이 형상화된다.

산등성이에서 불어오는 바람에 꼬리털이 헝클어지고

물에 내린 달을 공평히 나누어 핥아 먹는다

지금은 이렇게 한 암말의 새끼처럼 지내도

언젠가 오보에 올려놓은 어느 하나의 말 뼈에

놀라서 지나가게 될 테지! 아, 가엾은 것

　-〈비가悲歌〉 부분

말 머리가 놓인 오보 앞을 지나가며 놀라는 말의 슬픔에 대한 묘사는 말에 대한 민감한 감수성이 깊이 체화되어 있어야만 가능하다. 〈손톱만 한 작은 해 1〉에서 할아버지는 죽는 그 순간까지 말의 울음소리를 듣고 싶어 한다. 게르 밖에서 말 울음소리가 들리자 할아버지는 숨을 멈추고, 떠나지 못했던 영혼이 천창을 통해 날아간다. 특히 흥미로운 것은 초상이 나면 집 안에 있는 마두금을 싸 두는 풍속이다. 마두금은 악기 머리를 말 머리 모양으로 만들었다고 해서 붙여진 이름으로, 말 털을 꼬아 굵고 가는 두 개의 현을 만들어 여러 가지 말 소리를 내는 악기를 말한다. 몽골인들은 마두금을 매우 존숭하여, 중앙의 화덕 쪽을 보게 하여 게르 안측에 놓아둔다. 집 안에 들어간 남자는 누구나 마두금을 연주하거나 그렇지 않으면 현을 당겨 소리를 내는 습속이 있다. 그렇게 하면 그 사람의 일이 잘 풀린다고 여긴다. 보통 초상이 났을 때 49일 동안 마두금을 싸 두는데, 이것은 마두금 말의 눈에서 눈물이 떨어지지 않게 하기 위한 것이라고 시인은 말한다. 즉, 마두금이 살아 있다고 여기는 것이다. 말 사랑의 극치라 하지 않을 수 없다.

동물에 대한 신앙이 있는 몽골인들은 사슴이 우는 소리를 들으면 장수한다고 믿고, 사슴을 죽은 영혼을 조상으로 데리고 가는 토템이라 여기기도 한다. 〈사슴의 소리〉에서는 산안개가 퍼져 있는 자연 속에서 사슴의 짝짓기 풍경이 한 폭의 그림처럼 펼쳐진다. 〈홀로된 원앙〉에서는 짝을 잃은 원앙의 모습이 호수 한가운데서 오열하는 듯한 울음소리로 표현된다.

전통시 번역은 참으로 쉬운 일이 아니다. 시인이 시에 대해 산과 나눈 대화에서 언급한 것처럼 번역을 잘한다는 것은 매우 희귀한 일일 수밖에 없다. 전통 서정시의 특징은 모국어의 리듬 속에 있을 때만 최고의 아름다움과 그 생명력을 발휘한다는 점이다. 이것은 비단 몽골의 경우에만 해당되는 것은 아니지만, 특히 자연의 감수성이 강한 몽골의 시어를 번역으로 표현해 내는 데는 어쩔 수 없는 한계가 있다. 다만, 현대 최고 서정시인으로 몽골 시단에서 독보적인 지위를 갖는 바오긴 락그와수렌의 시를 한국 독자들에게 소개할 수 있는 기회를 가진 것으로 의미를 대신하고자 한다.

게르와 시, 신과 자연에 대한 감수성

—

손택수

내 최초의 카메라는 시골집의 '정지문'이었다. 문에 난 옹이구멍이나 벌레들이 아삭아삭 갉아 먹은 구멍으로 빛이 통과하면 마당에 있던 사물들이 켜켜이 그을음이 쌓인 정지 벽에 가닿아 다채로운 형상들을 만들어 주곤 하였다. 말하자면, 그것이 내게는 '바늘구멍 사진기'였던 셈이다. 그때 내가 부엌 강아지처럼 폭 파묻혀 있던 정지는 할머니의 품속처럼 아늑하고 깊어서 참을 수 없는 졸음이 찾아오곤 하였다. 나는 구멍을 타고 들어온 빛에 살진 구렁이처럼 움찔거리면서 한 번도 가 본 적이 없는 바다나 사막 같은 낯선 배경이 펼쳐진 꿈속으로 여행을 떠나곤 하였는데, 아마도 내겐 현실의 세계와 꿈의 세계 사이에도 낡은 정지문이 하나 척 걸쳐져 있었나 보다.

어린 시절 나는 숨어 있길 좋아하는 내성적인 아이였던 것 같다. 툭하면 장롱 속이나 곳간의 어둠 속에서 새근거리다 어머니가 부르는 소리에 잠이 깨곤 하였으니까. 넓게 퍼진 공간을 최대한 살갗에 밀착시켜 웅크리고 바깥의 기척에 신경을 쭈뼛거리던 버릇은 한참 뒤에 '텐트'로 발전했다. 텐트를 처음 보았을 때의 경이는 내 핏속에 잠들어 있던 유목적 기질을 자극하기에 충분한 것이 아니었나 싶다. 하기는 인류는 모두 유목민의 시절을 거쳐 지금에 이른 것이니 소심한 나에게라고 그 유전자가 전혀 없을 리 만무했다.

숨어서 세상을 관찰하고자 하는 욕망과 그로부터 벗어나 떠돌고자 하는 의지가 충돌하면서 나는 그야말로 존재론적 전환의 경험을 하게 된다. 승리는 당연히 텐트의 몫이었다. 꿈쩍 않는 요지부동의 집을 우산처럼 마음대로 접고 펼 수 있다는 사실은 그 자체만으로도 얼마나 매혹적이었던가. 몸을 숨기면서도 언제나 이동할 수 있는, 정주민의 머리로는 도무지 상상도 할 수 없는 마술과도 같은 집. 어린 아들과 술래놀이를 하기에도 지쳤을 법한 어머니는 아들의 성화에 못 이겨 당시로서는 흔치 않은 보이스카우트용 텐트를 구해 주었다. 살갗에 착 달라붙는 그 작은 텐트는 곧 나의 우주가 되었다. 나는 그 속에서 나만의 비밀스런 이야기들을 만들어 나갔다. 강가에서 주워 온 돌들에게 물고기와 동물들의 이름을 붙여 준다거나 구슬 속의 기포 방울들을 헤면서 우주를 회전하는 천체들을 원 없이 상상하면서 말이다.

농경민의 후예로 태어났으면서도 유목민의 삶을 살고 싶었던 내가 몽골의 게르에 대해 유별난 관심을 갖게 된 것은 어떤 운명적인 이끎이 있지 않았나 모르겠다. 1990년대 중반 몽골을 여행하고 돌아온 벗의 사진을 통해 게르를 만나면서 나는 유년 시절의 바늘구멍 사진기와 텐트의 황홀한 결합이 가능하다는 것을 알게 되었다. 어떤 사진가들은 인류 최초의 카메라를 게르에서 찾는다. 게르의 지붕 위로 뚫린 천창으로 빛이 들어오면 그 빛을 따라 하늘의 구름과 새들의 그림자가 게르 안에 비치는데, 그것이 최초의 카메라가 아닐까 한다는 것이다.

이 이야기를 듣고 난 다음부터 나는 몽골의 초원에 대한 꿈을 꾸기 시작했다. 이십 대의 어느 가을이었을 것이다. 마치 어린 시절에 사라진 몽고반점이 땅속으로 흐르다 대지 위로 고개를 내민 복류천처럼 콸콸거렸다. 그 물줄기는 시원의 감각을 견인하였다. 태초를 기억하는 더없이 푸르른 하늘과 맞닿을 정도로 높은 대지에 살고 양의 무리와 더불어 움직이며 때로는 만리장성을 넘어와서는 황하의 농경제국의 간담을 서늘하게 하던 이들의 땅. 상쾌하게 질주하는 말 위에서 초승달처럼 구부린 활을 자유자재로 쏘던 사람들의 고원. 그곳은 "초승달이 쌓아 놓은 건초 더미를 헤치며 떨어진 별들을 찾는 곳"(《하늘의 수색》)이고, "달이 찬물을 세 번 부어 증류한 소주 냄새에 비틀거리며 서른세 개 오아시스에 크게 취해 밤을 지새는"(《가을 달》) 곳이다. "영양이 모래에 피를 흘리지 않으려고 자기 피를 핥으며 상처를 치유하는"(《고비》) 사막의 개결함이 있는가 하면, "호수와 연못 속 한 개 돌까지도 나를 인간으로 만들어 주는 평원"(《보르즈긴 갈색 평원》)의 드넓은 우정이 있는 곳이다. 이 모든 곳의 상징적 구성물이 게르였다.

할아버지 가슴에서 홑겹의 게르 안에서 사람이 말하는 것처럼 웅얼웅얼 소리가 난다. 손톱만 한 작은 해가 천창 틀에서 빠져나가지 못하고 있다. 할아버지의 약해진 심장 멀리에서 소리가 난다.

"말을 찾았느냐? 말의 콧소리를 듣고 싶구나…"라고 하신 몇 마디 말에 목이 막히시는 듯 말이 없으셨다.

다행히 말 묶는 곳에서 등자 소리가 나고, 말이 낮은 소리로 히이잉— 울었다. 할아버지는 천창을 덮은 덮개처럼 무거운 눈꺼풀을 이기지 못하고 웃으시며,

"큰애가 왔니? 말을 찾았느냐?"라고 하시는 말씀이 좀 전보다 더 또렷이 들렸다. 나는 나가 보지도 않은 채…

"네, 형이 왔어요. 말을 찾았어요…."

난 나도 모르게 거짓말을 해 버렸다.

할아버지께서 "아, 다행이구나" 하시며 깊은 숨을 내쉬다 멈추셨다. 읍의 의사가 들어오다가 오른쪽 문가에서 흰 가운을 입고 나갔다… 손톱만 한 작은 해가 천창 틀에서 날아갔다.

　　　　　　　　　　　　　　　　－〈손톱만 한 작은 해〉 전문

말을 찾아 나선 손주를 기다리며 죽음을 맞이하는 할아버지의 생애에 관한 잔잔한 이야기시이다. 대화체를 사용하고 있음에도 불구하고 절제된 침묵이 느껴지는 이 시에는 평생을 유목민으로 살아온 할아버지의 생애가 한 폭의 그림처럼 그려져 있다. 여기에는 어떤 수사도 개입할 틈이 없다. 시가 너무도 검박하고 단

순해서 오히려 새뜻하게 다가온다고나 할까. 이 깊은 단순성의 세계를 온몸으로 구현하며 삶과 죽음, 그리고 평생을 함께해 온 말의 안위를 숨이 멎는 순간까지 근심하는 할아버지를 위해 거짓말을 하는 손자의 이야기가 게르의 품속에서 전개되고 있다. 할아버지가 듣고 싶었던 말의 콧소리는 곧 소멸 뒤에도 면면히 이어질 대지의 숨소리였을 것이다. 대지의 아들로서 살아온 할아버지의 유구한 가치는 말을 통하여 사그라지지 않고 후대로 유전한다. 할아버지의 가슴에서 울리는 소리와 얇은 홑겹의 게르 안에서 울리는 소리, 그리고 할아버지의 생명과 천창 틀의 해가 비유를 넘어서서 이야기에 생기를 불어넣는다. 할아버지는 어쩌면 어린 손자의 거짓말을 알고 있으면서도 오랜 세월 지켜온 부족의 가치가 전달된 것에 안도하며 천창 틀의 해처럼 눈을 감았으리라.

이 시에서 보듯 게르는 몸이 확장된 공간이면서 동시에 우주의 무한을 끌어안는 공간이기도 하다. 게르를 둘러싼 몽골의 높푸른 하늘, 수천 개나 된다는 산과 호수, 바다처럼 출렁이며 끝없이 펼쳐지는 초원은 자연에 대한 영적 감수성을 불러일으킨다. '지식은 지고의 보물이다. 자녀는 최고의 보물이다. 물질적인 것은 가장 낮은 보물이다.' 몽골인들이면 누구나 알고 있다는 이 노랫가락에서 말하는 지식이란 바로 신과 자연에 대한 감수성으로서의 지식을 말한다. 그것이 시가 아니고 무엇이겠는가.

'기러기 소리를 대지가 들으면 풀뿌리가 들뜬다'는 관찰을 통해 '자식이 언제 오나 밖에 나와 들어 올린 팔로 연무를 헤치는 어머니'(《봄달이 뜨면 어머니는 나를 기다리신다》)의 사랑을 떠올릴 줄 아는 힘이 시적 상상력이다. 또한 '산도 돌도 물도 영원한 것처럼 보이나 언젠가는 소멸해 가는 운명을 저버릴 수 없음에도 불구하고 유한성을 한탄하지 않듯이'(《산을 보고》), 그 유한성으로 하여 더욱 눈부시다고 얘기할 줄 아는 게(《무지개예요 나는》) 순환의 우주율을 읽는 생명의 감수성이다. 소멸과 생성을 동시에 읽는 순환론적 세계관은 모든 사물들과의 스침에 영원의 자격을 부여하고, 덧없이 스러지는 지상의 감각들을 황홀한 우주적 사태로 만든다. 결정적 순간이란 이런 경우를 두고 하는 말일 것이다. "몽골인에 대해서 정확하게 설명하기 어렵지만 옛날부터 그들의 존재 자체가 시라고 나는 생각해 왔다. 시는 산문으로 옮기기 어렵다." 일본의 작가 시바 료타로는 두 번의 몽골 기행에서 이 같은 인상적인 스케치를 남기고 있다. 그의 말을 흉내 내어 말하자면 바오긴 락그와수렌 시의 놀라운 세계에 대해서 무슨 말을 덧붙일 수 있을 것인가.

다만, 그의 시에선 타그닥타그닥거리는 말발굽 소리가 들릴 법하고, 말의 강인한 잇바디 사이에서 풀들이 즐겁게 뜯기고 있는 소리가 들릴 법하다는 생각을 해 본다. 전통적인 입말의 세계에 정신의 뿌리를 묻고 있으니 그것은 당연한 일일 것이다. 입말의 세계는 문자의 세계와 달리 우리를 독자의 개별성이 아닌 청중의 집합성으로 묶어 주는 역할을 한다. 말하자면 시각 질서의 폐쇄성으로부터 벗어나 청각 질서의 교감성 속에서 '집합적 나'를 경험케 하는 것이다. 아쉽게도 우리는 이 근원적인 리듬감을 상상적인 청자가 되어 느낄 수밖에 없다. 책을 소리 내어 읽을 때 책장에 묻어 있는 침방울의 흔적처럼 기회가 닿으면 그의 시를 해석 없이 소리의 울림을 통해서만 듣고 싶다는 희망을 가져 본다. 그 소리는 '입술이 부르튼 갈색 처녀'(《시골 여인》)의 어조를 닮아 있을 거라는 믿음과 함께.

어쩌면 나는 숨을 멎기 전 시인의 할아버지가 듣고 싶었다는 말의 콧소리와도 같은 시의 원형적인 숨결을 그리워하고 있나 보다. 그리하여 몽골의 숨결은 묻고 있다. '당신들의 삶은 행복한가? 당신들의 물질과 소유와 속도에 대한 탐닉은 몽골의 소박한 존재보다 기쁜 차원을 살아가고 있는가?' 질문은 낯선 문화를 낯익게 하고, 낯익은 '지금 여기'의 현실을 '쓰겁도록' 낯설게 한다. 이 전도 현상에 답하는 건 온전히 독자들의 몫이다.

《쓴 풀(Гашуун овс)》
순진한 믿음
늑대
얻고 떠나는 시
다람쥐
묘지
산을 보고
삶의 메모
고요
무제
이별
먼 호수
무사태평
내가 죽어
신앙이 아니라 사랑으로
향수
가을바람
겨울에
무지개예요 나는
저 푸른 영원의 산―내 아들의 산
말
부드러운 풀
그 어느 여인에게
꽃 묵주
사슴의 소리
비가
살육

알 수 없는 멜로디
어둠
홀로된 원앙
한밤중 말이 투르르 콧소리를 내다
초원의 가을
에튀드
재수 있는 신음 소리
고요
반려와 함께하니 행복하네
나의 연인
소리의 바람
시작점 끝점
몽골의 대초원
국경에서 쓴 시
고향 생각
하늘의 수색
안개 속에서
꿈의 고비
장님 이야기
새끼 뱀

《서정의 궤도(Уянгын тойрог)》
우리
보르즈긴 갈색 평원
새는 깃으로 운다
서정의 궤도
가을 달

이안나

1960년 서울 출생. 상명대학교 사범대학 국어교육과와 같은 대학원 국어국문학과를 졸업했다. 몽골 과학아카데미 어문학연구소(국립 울란바타르대학교 부설)에서 어문학박사 학위를 받았다. 현재 상명대학교 다문화사회연구소 학술연구교수, 한국외국어대학교 강사, 울란바타르대학교 한국학과 객원교수로 있다.

〈몽골 현대시의 흐름과 전망〉, 〈현대 몽골의 시동향〉, 〈자유로운 영혼 단장아라브자〉 등의 글을 발표했으며, 저서로 《몽골인의 생활과 풍속》(2005), 《몽한사전》(공저, 2009), 《몽골 민간신앙 연구》(2010)가 있다. 《샤먼의 전설》(2012), 《눈의 전설》(2007), 《나뭇잎이 나를 잎사귀라 생각할 때까지》(2007), 《몽골의 설화》(2007), 《말을 타고 가는 이야기》(동화, 2006), 《칭기스칸 영웅기》(2005), 《몽골 현대시선집》(2003), 《몽골민족의 기원신화》(2001) 등을 우리말로 옮겼다.

한 줄도 나는 베끼지 않았다

1판 1쇄 인쇄 2013년 2월 1일
1판 1쇄 발행 2013년 2월 10일

지은이 바오긴 락그와수렌   **옮긴이** 이안나
펴낸이 고세규   **펴낸곳** 문학의숲
신고번호 제300−2005−176호   **신고일자** 2005년 10월 14일

이 책의 한국어판 저작권은 저자 바오긴 락그와수렌(Bavuugiin Lhagvasuren)과 계약한 문학의숲(고즈윈주식회사)에 있습니다. 저작권법에 의해 한국 내에서 보호를 받는 저작물이므로 무단전재와 복제를 금합니다

주소 서울 마포구 동교로13길 34(121−896)
전화 02−325−5676   **팩스** 02−333−5980
이메일 bjbooks@naver.com
홈페이지 www.godswin.com

ISBN 978−89−93838−31−2 04890
　　 978−89−93838−26−8 (세트)

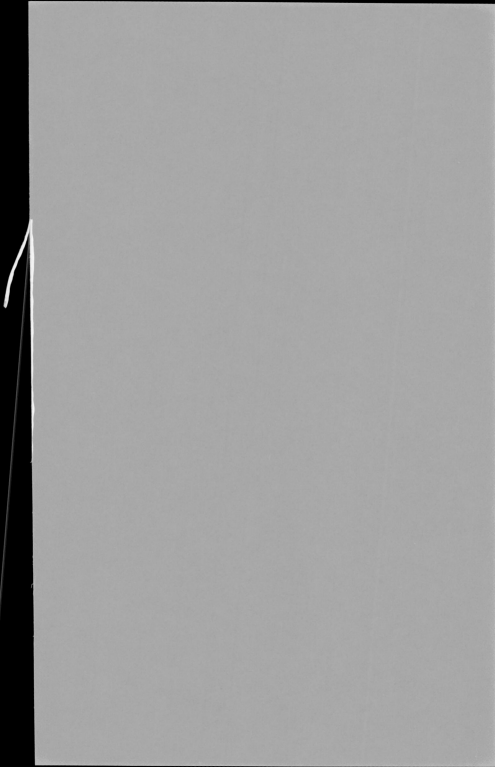